编委会

主　任：薛保勤　李　浩
副主任：刘东风　郭永新
编　委：（按姓氏笔画排序）

王勇安　王潇然　毛晓雯　刘　蟾　刘炜评
江　璐　那　罗　杜爱民　李屹亚　杨恩成
沈　奇　张　炜　张　雄　张志春　高彦平
曹雅欣　董　雁　储兆文

审　稿：杨恩成　费秉勋　魏耕源　阎　琦

诗 说 中 国

家国卷

薛保勤 李浩 主编

那罗 著

家国情怀

陕西师范大学出版总社

图书代号　WX17N1111

图书在版编目（CIP）数据

家国情怀：家国卷/那罗著. —西安：陕西师范大学出版总社有限公司，2018.1（2021.6重印）
（诗说中国/薛保勤，李浩主编）
"十三五"国家重点图书出版规划项目
ISBN 978-7-5613-9600-1

Ⅰ.①家… Ⅱ.①那… Ⅲ.①古典诗歌—诗歌欣赏—中国 Ⅳ.①I207.22

中国版本图书馆CIP数据核字（2017）第263334号

家国情怀：家国卷　JIA GUO QINGHUAI：JIA GUO JUAN

那　罗　著

出版策划	刘东风　张　炜　王勇安
执行编辑	郭永新
责任编辑	姚蓓蕾
责任校对	焦　凌
美术编辑	张潇伊
出版发行	陕西师范大学出版总社 （西安市长安南路199号　邮编　710062）
网　　址	http://www.snupg.com
印　　刷	中煤地西安地图制印有限公司
开　　本	710mm×1020mm　1/16
印　　张	16
插　　页	2
字　　数	180千
版　　次	2018年1月第1版
印　　次	2021年6月第3次印刷
书　　号	ISBN 978-7-5613-9600-1
定　　价	54.00元

读者购书、书店添货或发现印装质量问题，请与本公司营销部联系、调换。
电话：（029）85307864　85303629　　传真：（029）85303879

诗说中国说（序）

"诗说中国"是说诗，更是用诗来说中国。

诗是文学皇冠上最璀璨的珍宝。她既是审美意识的语言呈现，也是作家心灵的文学投射，还是人们日常生活的学术再现。诗是心灵的乐章，是思想的光芒，是人类灵性与智慧的结晶，也是人类文明进程的"别样"记载。人们通过诗歌抒情言志，状物寄情，歌之舞之，足之蹈之，兴观群怨，从而留下一个民族的吟唱和情感的纯粹表达，也留下了诗与人、诗与世、诗与史、诗歌与审美、诗歌与文明、诗歌与人性的无数关乎人类生存、生活、生命等终极目标的命题。

什么是诗？

诗言志，歌咏言。（《尚书·尧典》）

故哀乐之心感，而歌咏之声发。诵其言谓之诗，咏其声谓之歌。（《汉书·艺文志》）

诗者，吟咏情性也。（严羽《沧浪诗话》）

诗者,根情,苗言,华声,实义。(白居易《与元九书》)

诗的境界是情感与意向的契合。(朱光潜《诗论》)

诗是凭着热情活活地传达给人心的真理,是强烈感情的富于想象力的表达方式。(华兹华斯)

自古以来,关于诗的评说,异彩纷呈,各有千秋,但有一点历代名家不谋而合:诗是人类文明进程忠实而又审美化的记录。

中国是诗的国度。诗歌源远流长,浩如烟海,是中华传统文化中别具风采、独具魅力的珍贵历史文化遗产。

岁月悠悠,沧海桑田,"青山依旧在,几度夕阳红"。诗香依旧、诗韵依旧、诗心依旧、诗情依旧……几千年的历史变迁,诗歌并没有因为时间的流逝而失去其张扬生命的璀璨光芒,并没有因为岁月的过往而失去滋润灵魂的审美情愫,并没有因为历史的烟云而暗淡其透视曾经的认知价值,并没有因时代的变迁而失去审视社会的锐利。诗歌对过往的诗意的描述,对未来的诗意的展望,对美好的诗意的神往,对人生的诗意的理解,对生活的诗意的观照,对苦难的诗意的感悟,对家国的诗意的忧思……成为历史长河中丰富的文化资源、丰满的文学资源、丰沛的审美资源;更因其对历史的独特认知,对生命的吟咏礼赞,对人生的感悟反思,对社会的反省批判,滋润灵魂,启迪后来者。所有这些成为我们认知历史、研究历史、审视历史、提炼历史、观照现实、感悟文化、传承文化、创新文化的重要资源。正是基于此,才有了我们对"诗说中国"这套书的策划。我们编撰这套书没有停留在对一般诗歌作品的选编、鉴赏上,而是以诗说的形式,通过诗歌去认知历史、认知文化、认知人生,从而呈现出中国文化的另一种样貌。故而,"诗说中国"不是简单的诗的解读、诗的欣赏、诗的体悟,我们的目的是让读者随着我们的笔触感悟中华大地诗意化的历史、诗意化的人生,感知历久弥新的中华文化精神。

其一,"诗说中国"试图通过诗歌透视社会变迁中的社会图景,穿越时空,感知历史,认知历史。

"诗说中国"以"诗的眼睛"去探寻,以"诗的视角"去发现。诗是历史洪流中的一个镜像。通过诗歌这面镜子去发现历史,大江东去,潮起潮落,小桥流水,杏花春雨。让诗歌带领读者循着历史的足迹,进行诗意的历史穿越。在诗的维度、诗的空间中,穿越古代中国,与古人对话,与历史交流。政治风云、金戈铁马、亭台楼阁、歌舞升平、水墨丹青、耕读传家、佳肴美馔、人性至情、禅思哲理,一路走来,聆听曾经的低吟浅唱,感受曾经的风起云涌,思考历史的起承转合。品国风之情深意婉,恍若看到漫步于田间的古人身影,倾听余韵之声;感乐府之真挚深切,体味汉代朴质厚重的民风民情;赏唐诗之气象万千,体验大唐盛世激昂奋进的脉动勃发;悟宋诗之理思缜密,领略宋代文化的义理深邃;叹明清诗风之多元,体察寻常巷陌的世情百态。

历史已经远去,但诗歌的诗意描述、诗意感怀、诗意顿悟离我们并不远。文学源于生活,高于生活,从这个意义上讲,诗歌可以帮助我们认知"高于"生活前的原生态。无疑,诗歌为我们提供了一种"寻找历史"的文本,回望"生活",展示"生活",研究"生活"。遥想历史,古老而神秘,走入诗境,就能在"关关雎鸠,在河之洲,窈窕淑女,君子好逑"中体悟相通的情感,与古人相遇,而有会心之妙。

其二,"诗说中国"试图通过诗歌捕捉文化的点点滴滴,洞悉诗意的文化源流,引领读者品读文化、享受文化。

"诗说中国"从来就有庙堂牵系的政治关怀,也不乏恬淡雅致的乡间野趣，有着鲜明的文化多元特征。"诗说中国"试图带着读者徜徉、浸润于浩瀚的诗海之中，以大文化的宏阔视角走入诗界，观照诗歌所呈现的丰富的文化、斑斓的人生、多彩的体悟，进而感受丰富而多元的世界。诗的文本是开放的，也是别有用心的：或落脚于古代至情，体验古人的闺情婚恋、相思离别、悼亡哀怨；或着眼于礼仪，阐发诗中的宗庙祭祀、婚丧嫁娶、长幼尊卑等政治与生活礼仪；或聚焦于耕读，感受诗中的渔樵耕作与读书之乐；或感觉于饮食，展示诗中的甘醇玉馔，品尝舌尖上的中国味道；或游历于山水，体验诗中的林泉高致、山水情怀；或徜徉于笔墨丹青，在诗的水墨意蕴中感受审美的情致。镜头也观照怀古、行旅、民俗、禅思、乐舞等等，进而提炼生活之美、文艺之趣、哲理之思。

西方哲学家海德格尔《诗人何为？》一文中讨论荷尔德林的诗歌时指出："在如此这般的世界时代里，真正的诗人的本质还在于，诗人总体和诗人之天职出于时代的贫困而首先成为诗人的诗意追问"，揭示了诗人所担当的文化使命及诗性精神。此种情怀可谓中西相贯，古今相通。《诗说中国》希冀以诗性思维去观照文化中国，进而提升我们的文化自信。

其三，"诗说中国"试图通过诗歌去感知生命，滋润灵魂，在诗的引领下体味诗意化的人生。

我们力求带着情感与温度去阅读诗歌、品味诗意人生，以灵动优雅的散文语言诗意人生，带领读者感悟诗歌的多重表达与审美意蕴，去发现一个个生命的真实。《诗·大序》有言："情动于中而形于言，言之不足，故嗟叹之，嗟叹之不足，故永歌之。"《文心雕龙·物色》亦云："岁有其物，物有其容；情以物迁，辞以情发。"诗为心声。诗人的时代境遇、心志情怀，形成其对宇宙、自然、人生不同的体悟。每一首诗都寄托着人的生命体验，或气韵淡远，或游心物化，或天机妙悟，或兴象玲珑，诗的风骨、声律、心象、基调等不同的风格也透射出诗人不同的生命精神与文化心境。我们希望能帮助我们的读者触摸到古代诗人的体温，感受到古人博大的胸怀、飞逸的才华、超迈的精神、熠动的情感，感悟诗中激荡的浩然正气。

诗史也是心史。诗中有人的欲望，有人的追求，有人的思想，有人的观念；诗中也有不同时代、不同社会阶层的生命体验与精神世界。在诗中体味古人一腔诗心中的一咏而叹幽微心曲，感受其悠然看山的湛然本性。生命的本体经验感悟升华，悠远飞扬，荡涤世俗的尘埃，润泽心灵。我们不必刻意寻求"心灵鸡汤"，从古典诗歌中即可寻求到心灵的慰藉，体悟生命的多彩。当我们品味苏轼诗中的赋性闲远、通脱旷逸之时，心灵的困顿与精神的无依皆可得以释然。诗是"火树银花"的繁华之所，是"红袖添香"的温柔之乡，是无数读者的精神家园。

"诗说中国"不是说诗，而是用诗来说中国。

以诗来说中国是一件有意义的事，也是一件不容易的事。在浩如烟海的诗中，选什么诗，怎么选，怎么说，说到什么程度，都需要谋划者的良苦用心和解析者的殚精竭虑。"诗说中国"试图用历史长河中经典诗歌折射的"点"来连接成"线"，用"线"勾勒出"面"，使"点"具有经典性，"线"具有延续性，"面"具有代表性，通过"点""线""面"的有机结合，从而再现曾经的中国。

为了体现"点""线""面"的经典性、延续性及代表性，我们初步选择了《诗语年节》《铁马冰河》《明月松间》《人间有味》《家国情怀》《行吟天下》《情寄人生》《耕读传家》《乐舞翩跹》九卷，编撰成第一辑，建构起《诗说中国》的多元化框架。每卷图书撰有自序，介绍该卷的写作宗旨及文化流变，给读者绘制出一幅古代社会的诗学地图，让读者随着我们穿越古今。为了便于阅读，文章以散文式的笔法、诗书画结合的形式来呈现。

从2013年年初，我和李浩先生就开始谋划编写事宜，从集体构思到草创动笔，直至今天这套书行将付梓，历时五载，五年始磨一剑，不算长，也不算短，不由令人感喟不已却又欣喜由衷。编写的缘起，更多是出于人文学者对传统文化的一种自觉，我们尝试采用一种新的文学观照视角去感知诗歌中的中国，打开一幅幅历史的、文化的、人生的诗语长卷，广邀海内外宿学俊彦一起完成这个任重道远的任务。

感谢陕西师范大学出版总社的策划与支持，他们以敏锐的眼光捕捉文化的需求，体现出厚重的文化担当；感谢各卷编撰者对古典诗歌与中国的深切感悟及辛勤撰写；感谢审读书稿的几位专家严格把关，确保了书稿质量。大家的共同努力才促成了"诗说中国"的编撰出版。希望读者能于茫茫书海中，搭乘此叶扁舟以认知中国、领略中华魅力。

"诗说中国"是说诗，更是用诗来说中国。让我们以充满诗意的目光来观照历史的中国，观照这创造过辉煌的古老文明，观照这而今依然充满诗情画意、春意勃发的中国！

薛保勤
于首阳书院

自序

中国人心目中的"家"与"国"关系密切,几乎到了不分彼此的地步,从语言上就能窥见一斑——"家"可以用来指国家朝廷,譬如金朝赵秉文《代州书事》诗:"汉家战伐云千里,唐季英雄土一丘。"汉家就是汉朝。张衡的《东京赋》也说:"且高既受建家,造我区夏矣。"讲的就是汉高祖受命建国的故事。而反过来,"国"也可以指家乡故土,譬如唐代曹邺的《送郑谷归宜春》诗说:"无成归故国,上马亦高歌。"前蜀李珣的《河传》词也说:"愁肠岂异丁香结?因离别,故国音书绝。"所谓的"故国"就是故乡。

正如清代李渔在《奈何天·助边》里说的"家国虽殊道自均",人们传统观念中的"家"和"国",绝不是两个无关的实体。我们从古人对于"修身、齐家、治国、平天下"的箴言里,就能看出中间的递进关系。从一家类推到一国,能够使家庭和睦的人,才有能力治理国家政事,就像《诗·大雅·思齐》里咏唱的一样,"刑于寡妻,至于兄弟,以御于家邦"。君子先成为妻子、兄弟的表率,然后才足以治理国家,孟子说,这就是"言举斯心加诸彼而已"(《孟子·梁惠王上》),从一己之身推及一家,再到天下四海,就像《尚书》中说的:"立爱惟亲,立敬惟长,始于家邦,终于四海。"

而治国的最高理想,也要从一国落实到一家:

> 大道之行也,天下为公。选贤与能,讲信修睦,故人不独亲其亲,不独子其子,使老有所终,壮有所用,幼有所长,矜、寡、孤、独、废疾者皆有所养。男有分,女有归。货恶其弃于地也,不必藏于己;力恶其不出于身也,不必为己。是故谋闭而不兴,盗窃乱贼而不作,故外户而不闭,是谓大同。

最理想的"大同"世界,其实就是一个和乐之家的放大——人们彼此像亲人一样相互扶持,没有遗弃,没有阴谋算计,行走天下,就像在自己家中一样逍遥自在。

这一种家国观念也反映在古人的文艺观念里。《礼记·乐记》中记载了一段子夏与魏文侯的对话,子夏理想中的"雅乐",是"修身及家,平均天下,此古乐之发也"。家国情怀是古代诗歌曲赋的重要内容。人自出生始,就受到家庭的哺育庇佑,在成长当中,又逐渐从历史和现实中构筑起对国家和天下的理解。各人的人生遭际可能天差地别,然而对于家国的责任永远像一根坚韧的纽带,维系着这种绵延千载的情怀——生逢盛世的人,或是从天伦团圆中享受温馨,或是想要把这种美满推及天下人,于是有了澄清宇内、奋发有为的壮志;而不幸生于乱世的人,经历过"国破家亡"的惨痛,也从一己一家的遭遇中生出对国家、对天下的责任感，从而投身挽救国运、解民倒悬的事业中。

正所谓"烈士之爱国也如家"（葛洪《抱朴子·广譬》），几千年诗中的家国情怀，种种爱与痛、笑与泪，足可以光图丽史，而其中复杂的因缘、微妙的情致，又极为婉转多变，非细读深思不能尽察。笔者才识浅陋，面对数千年诗歌传统沉积下的种种瑰宝，所能阅读摘录、展现给读者的，实在不足全貌之万一。行文粗糙谬误之处，还待诸位不吝赐教。

目录

平生家国萦怀抱..........................I
　　家国一体

苟利国家生死以..........................27
　　社稷之思

明月何时照我还..........................59
　　故园之思

葵藿倾太阳..............................87
　　忠君报国

忆昔开元全盛日..........................115
　　国祚兴衰

国破山河在..............................161
　　黍离之悲

哀故都之日远............................187
　　去国怀乡

何处望神州..............................213
　　体国经野

平生家国萦怀抱

家国一体

《孟子·离娄章句上》说:"人有恒言,皆曰'天下国家'。天下之本在国,国之本在家,家之本在身。"国与家,不仅是安身立命的去处,更是所有信仰与眷恋的源头。从《诗经》和《离骚》的时代起,对家国的热望便浸满了诗行。家国是他们脚印的起点,是诗人在渐行渐远中不住回望的地方,又是"少小离家老大回"之后永远失落的部分。当诗人游走于历史和现实之间,看到家国的前世今生,也会生出一种历史的乡愁:追思往日的繁荣,从历史旧迹中印证循环的因果,从夙昔的典集中看到自己的济世抱负。

在中国诗歌的发源时代，这种家国情怀就展现过灼灼的光华。如《诗经》的《鄘风·载驰》，即有颇多可圈可点之处。《诗经》的作者多不可考，但《载驰》则是个幸运的例外，它的作者许穆夫人是有历史记载的第一位女诗人。许穆夫人是卫宣姜的女儿、许国国君穆公的妻子。查考《左传·鲁闵公二年》，我们可以得知这首诗的背景：

公元前660年，狄人攻卫，大败卫军于荥泽，杀卫懿公。卫人在宋桓公的帮助下，在漕邑拥立卫戴公为国君。第二年，戴公病逝，其弟文公继位。这个时候，卫国外患未平，新君初立，其中的复杂凶险可想而知。许穆夫人是卫文公的同母妹妹，在国难当头之际，她不顾许国君臣的阻挠，驾着飞驰的马车欲返回故土，又奔走在大国之间，向他们求援。《载驰》就是她返回漕邑期间创作的。

"载驰载驱，归唁卫侯。驱马悠悠，言至于漕。"——开篇写的是许穆夫人的遭遇。她驱赶着马车、心急如焚地奔向卫国，却在漕邑遇到了来自许国的大夫："大夫跋涉，我心则忧。"许穆公显然不愿意妻子参与卫国的乱局，派了大夫来阻拦她。"既不我嘉，不能旋反。"夫家的许国指责她擅自离开，阻挠她渡过黄河回到故国，使得许穆夫人既不甘心半途而返，又无法奔赴前程，她滞留在小小的漕邑，想到父母的国家正在遭受苦难，内心填满了愤懑。

"陟彼阿丘，言采其蝱。"她登高望乡，采贝母草以疗忧，终不能解开心头的郁结；"女子善怀，亦各有行。"即便是柔弱感性的女子，也有她想要拼命守护的故土，相比之下，眼前这些阻挠她归乡的许国大夫，又是多么

诗说中国　家国卷

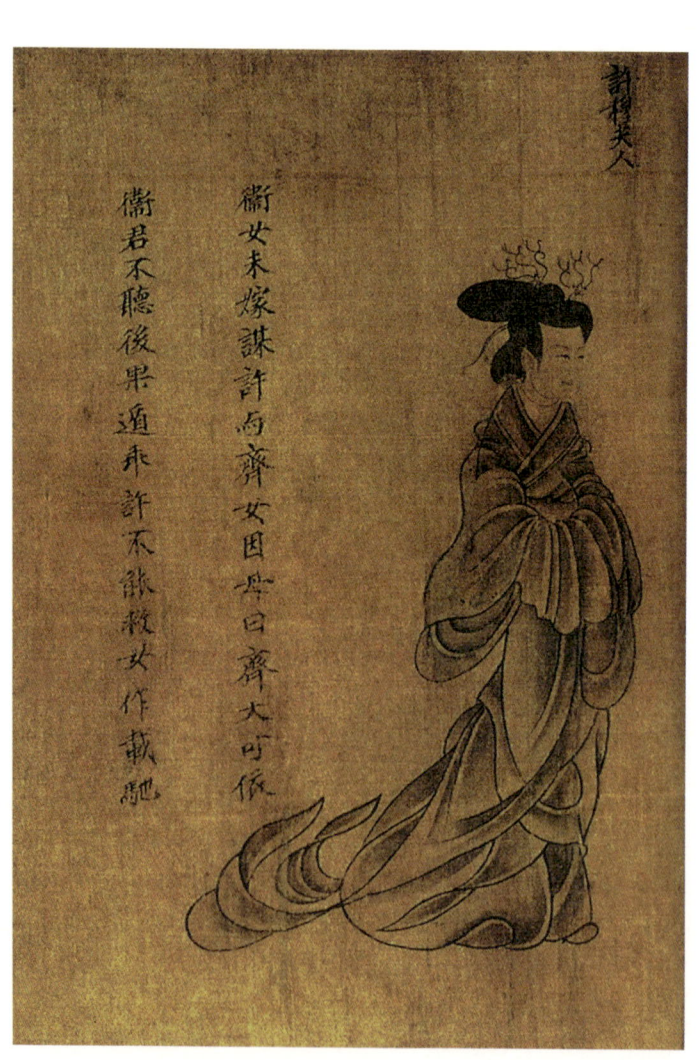

〔东晋〕顾恺之　《列女仁智图》许穆夫人
南宋摹本

无情而可恨！

"我行其野，芃芃其麦。控于大邦，谁因谁极？"返乡未果的许穆夫人不再扬鞭疾驰，她要向周围的大国求助，因此更加谨慎小心。许穆夫人缓辔而行，看着路边茂盛的麦草被吹出层层波澜，她的内心何尝没有触动？"大夫君子，无我有尤。百尔所思，不如我所之。"卫国和许国互为姻亲，但许国的大夫君子瞻前顾后，有谁肯像她一样奋不顾身？救卫之责，竟只落在她一个女子的肩上。

值得庆幸的是，许穆夫人的奔波最终有了回报：《载驰》一经传唱，"齐侯使公子无亏帅车三百乘、甲士三千人以戍漕"（《左传·鲁闵公二年》）。齐桓公派兵出援卫国，卫国的危难解除了，而许穆夫人为她的国家奔走先后、忧思辗转的身影，则凝成了《诗经》中动人的诗行。在春秋列国中，卫国只是一个极小极弱的角落，而在这个角落里，曾经生养了这样令人称叹的女儿，写下过这样奇绝的诗行，所谓的"疾风劲草"，大约就是形容这样的人物吧。

许穆夫人是卫国君的女儿，她的国就是她的家，保存了国家，自然也就延续了家族的命脉。不过，和这样的贵族不同，更多的人来自寻常百姓家，他们只是国的一个细胞、一片枝叶，国家维系着他们的命运，然而为了国家，又常常要他们先做出牺牲。曹植《白马篇》就描写了这样的牺牲者，他是一个矫健勇毅的游侠少年，也是作者"戮力上国，流惠下民"的理想化身：

白马饰金羁，连翩西北驰。

借问谁家子，幽并游侠儿。
少小去乡邑，扬声沙漠垂。
宿昔秉良弓，楛矢何参差。
控弦破左的，右发摧月支。
仰手接飞猱，俯身散马蹄。
狡捷过猴猿，勇剽若豹螭。
边城多警急，胡虏数迁移。
羽檄从北来，厉马登高堤。
长驱蹈匈奴，左顾凌鲜卑。
弃身锋刃端，性命安可怀？
父母且不顾，何言子与妻？
名编壮士籍，不得中顾私。
捐躯赴国难，视死忽如归。

诗的前十四句，极尽雄放热烈、精美鲜明，令一个白马金羁、勇猛轻捷的少年从纸上跳跃出来，而后的句子却格调突转，变得音哀气壮，声沉调远，大有易水悲歌的遗韵："弃身锋刃端，性命安可怀？父母且不顾，何言子与妻？名编壮士籍，不得中顾私。"他为了国家应征入伍，不但毫不顾惜自己年轻的生命，连常人最难以割舍的父母妻儿，也只能作为"私心"而放在脑后，"捐躯赴国难，视死忽如归"，悲壮凝练，遂成千古警句。

为了国家而牺牲个体家庭毕竟是痛苦的，对于古代绝大多数的平民来说，"国家"的概念也许大得有些缥缈，而家人的冷暖哀乐却是具体而真实的。离乡远戍、思归恋家怨曲，曾经从《诗经》的《邶风·击鼓》传唱到今日。

"击鼓其镗，踊跃用兵。土国城漕，我独南行。"镗镗的鼓声里，将士们在演习刀枪，工匠们在建筑城池，别人都忙于眼前的事业无暇旁顾，作者却随军去了遥远的南方。他所在的军队平定了作乱的宋国和陈国，大军凯旋，只有少数的人被留下了，他们戍守在国境上，看不到可以作战的敌人，也看不到自己的归期。

这真是令人苦闷的处境：他注定无法成为国家的英雄，也无法支撑起他的小家庭。"爰居爰处？爰丧其马？于以求之？于林之下。"他感到失落又彷徨，甚至不记得自己身在何方，又在哪里丢失了一路陪伴的战马。一路上，他看过的风景都陌生而模糊，只有离家的场景还清晰地印在记忆中。

"死生契阔，与子成说。执子之手，与子偕老。"他与妻子告别的誓言成了后人吟咏不止的名句。当年，这个誓言曾经让他咬牙挺过了无数的险境，却在战斗平息后日夜煎熬着他："于嗟阔兮，不我活兮。于嗟洵兮，不我信兮。"清人方玉润《诗经原始》解释说："曩所云'与子偕老'者，今竟不能共申前盟也。夫国家大役，无过'土工城漕'，然尚为境内事。即征伐敌国，亦尚有凯还时。唯此边防戍远，永断归期，言念室家，能不怆怀？未免咨嗟涕洟而不能自已。"妻子和自己都健全地活在世间，却被军令遥遥无期地隔断在两地，此时，还家的希望比彻底绝望更使人痛苦。

这样的嗟叹，在《诗经》的时代是很普遍的。在频繁又酷烈的战争中，有的人成了异乡的鬼魂，有的人侥幸活下来，却只能终老在荒凉的边疆，有的人熬过了这一切，得以踏上归程。但后者就一定比前者更幸运吗？日夜渴盼的故乡和亲人，是不是面貌无改地在等待他回来？《豳风·东山》一篇，就记录了归乡人心中的五味杂陈。作者经历了长年的行军戍守，终于回到了家乡。他在迷蒙的雨雾中踏上回乡路，内心的悲哀却不比离别时减少分毫：

"我徂东山，慆慆不归。我来自东，零雨其濛。"归乡的路笼罩着细密的雨雾，眼前的风景逐渐从荒凉的国境推移成安宁的农家。"蜎蜎者蠋，烝在桑野。敦彼独宿，亦在车下。"他看见了野桑树，树上也许有山

蚕结的茧子，这令他想起自己行军时，蜷缩在兵车底下入睡的样子。这种生活令他感到疲惫厌烦，而今他迫不及待地脱掉了战袍，换上一身农家人的打扮。

"果臝之实，亦施于宇。伊威在室，蟏蛸在户。町畽鹿场，熠耀宵行。不可畏也，伊可怀也。"一路上，乡间的屋檐爬满了瓜蒌的枝蔓，枝蔓上结着硕大的瓜果，屋檐下则爬满了蜘蛛的网。到了夜里，空旷无人的院子有点点萤火在闪烁，这景象并不使他感到害怕，反而令他想起遥远的往事而觉得亲切。

多年前的记忆一点点地复苏过来，他想到家里的妻子："有敦瓜苦，烝在栗薪。自我不见,于今三年。"圆瓜和栗薪是他们新婚的信物,而今三年未见,归乡人那么想念她,连鹳鸣声都令他联想到妻子的叹息。"仓庚于飞,熠耀其羽。之子于归,皇驳其马。亲结其缡,九十其仪。"他记得结婚那一天,迎亲的花马黄白相间,新娘的母亲为她亲手结上缡巾。一切都那么鲜活美满地停驻在记忆中,而今他终于踏上归途,心情反而忐忑不安起来:"其新孔嘉,其旧如之何?"家里的一切,还和离去时一样吗?

相似的心境,到了唐代宋之问的笔下,就被直接地吐露出来:

岭外音书断,经冬复历春。
近乡情更怯,不敢问来人。
《渡汉江》

离家日久,重返的喜悦在途中渐渐变成了忧虑,越是急切地想知道家中的境况,就越是害怕听见一些不幸的消息——曾经支撑自己走过九死一生的希冀,会不会在推开家门的一刻就残酷地破灭了?家国之间的两难,曾经引发过多少类似的伤怀嗟叹。国家的命运牵动了家庭的命运,这种兴亡之态令无数分散的个体有了共同的思念,而家人在危难中相互扶持,则成了离乱岁月中最动人的暖色。书写家国之思的篇章里,杜甫的诗是一座奇崛的高峰。在古代的诗人中,与杜甫相较,只怕没有多少人遭遇过落差更大的家国剧变:从开元之治到安史之乱,唐朝从清平盛世跌落到劫难的深渊。唐玄宗仓皇地逃到蜀地,连身边的杨贵妃也不能保全,而杜甫和所有的平民一样,遭遇了比玄宗艰难百倍的命运。他和家人混迹在流亡的队伍里，时而相互扶持着前行，时而又被伤兵和难民裹挟，被荒野和蓬蒿阻断去路。

混乱中，杜甫曾一度与家人走散，正在困苦无援之际，他的表侄王砅调转马头，一路呼喊他的名字寻来，将自己的坐骑让给杜甫，自己右手持刀，左手牵着马缰，把杜甫从危急中拯救出来。十几年后，他在《送重表侄王砅评事使南海》一诗中回忆道："往者胡作逆，乾坤沸嗷嗷。吾客左冯翊，尔家同遁逃。争夺至徒步，块独委蓬蒿。逗留热尔肠，十里却呼号。自下所骑马，右持腰间刀。左牵紫游缰，飞走使我高。苟活到今日，寸心铭佩牢。"

若是没有王砅的救助，杜甫也许就在这场动乱中死去了。他在诗中如实记录了当时的惶恐困窘，以及得救时的感激，而王砅勇毅的身影则与这场天翻地覆的动荡一同烙印在杜甫的心中。

后来，杜甫与妻子、儿女重新会合，夜半时分，一家人经过彭衙。他们在荒郊小道上潜行，淡白的月光照映出远山的轮廓，山间的野鸟发出断续的啼声，全家人早已疲惫不堪。幼女饿得在父亲怀中乱咬，杜甫怕她的哭声引来豺虎，只能心惊肉跳地掩住她的口；小儿子看见父母的艰难，做出懂事的样子去摘路边的苦李充饥——大人看在眼里，怕只会更添凄楚。杜甫在一年后写下了《彭衙行》，诗的前半段记录下当时的困顿情景：

忆昔避贼初，北走经险艰。
夜深彭衙道，月照白水山。

尽室久徒步，逢人多厚颜。
参差谷鸟吟，不见游子还。
痴女饥咬我，啼畏虎狼闻。
怀中掩其口，反侧声愈嗔。
小儿强解事，故索苦李餐。
一旬半雷雨，泥泞相牵攀。
既无御雨备，径滑衣又寒。
有时经契阔，竟日数里间。
野果充糇粮，卑枝成屋椽。
早行石上水，暮宿天边烟。

  但即使在最狼狈不堪的岁月，也仍然有人情温暖给飘零者送去安慰，成为冥冥中联系他们、支撑他们的强韧力量。杜甫《彭衙行》的后半段，就写出了困顿时分的真情：

故人有孙宰，高义薄曾云。
延客已曛黑，张灯启重门。
暖汤濯我足，剪纸招我魂。
从此出妻孥，相视涕阑干。
众雏烂漫睡，唤起沾盘餐。
誓将与夫子，永结为弟昆。

遂空所坐堂，安居奉我欢。
谁肯艰难际，豁达露心肝？
别来岁月周，胡羯仍构患。
何当有翅翎，飞去堕尔前？

当逃难者敲开友人孙宰的家门，展现在杜甫面前的是梦寐般的场景：故友向他们敞开家门，灯笼暖黄的光驱散了黑暗。体贴的主人准备了热水让他们濯洗双脚。然后请出家里的妻小，让他们与杜甫一家相见，大家不禁都热泪纵横。熟睡的孩子也被叫起来，一起饱餐了丰盛的晚饭。

千年以后再读《彭衙行》，这场离乱中的相逢仍然那么生动。杜甫无数次用诗来怀念这些相濡以沫的深情，诗句中流露着真挚的感激，似乎过往磨难都因此得到了报偿和抚慰。这种直面苦难的勇气、忠厚仁爱的胸襟，使得杜甫的诗充溢着磅礴而蕴藉的情感力量。

这样的力量，在《羌村》《北征》等诗作中，都可以窥见一斑。他写离乱后的重逢，说：

峥嵘赤云西，日脚下平地。
柴门鸟雀噪，归客千里至。
妻孥怪我在，惊定还拭泪。
世乱遭飘荡，生还偶然遂。
邻人满墙头，感叹亦歔欷。

> 夜阑更秉烛，相对如梦寐。
>
> 《羌村》其一

亲人邻里显然见惯了悲惨，见到平安归来的杜甫，几乎不知怎样表达他们的惊喜。等一家人稍微安顿下来，秉烛对坐，还感到隐隐不安：过往的离乱生活仿佛还历历在目，而今的重逢，会是流离岁月的终点吗？苦难曾经那么沉重地压在他们肩上，这突如其来的团聚反而轻得令人感到不真实。这浓重的悲喜交集，都收敛在一句"夜阑更秉烛，相对如梦寐"中，令人回味不尽。这个句子后来被借用到了宋人晏几道的笔下，然而意境迥异，变得风流富贵许多："今宵剩把银釭照，犹恐相逢是梦中。"（《鹧鸪天》）

尽管杜甫仍处在饥寒萧瑟之中，和妻儿的团聚仍然给他带来极大的安慰。他写到妻子和女儿的欣喜："瘦妻面复光，痴女头自栉。学母无不为，晓妆随手抹。移时施朱铅，狼藉画眉阔。生还对童稚，似欲忘饥渴。"（《北征》）

短暂的团圆使得妻子的脸上出现了光彩，而小女儿学母亲梳妆打扮，一片娇痴之态跃然纸上，令杜甫几乎忘记了沿途所见的惨痛。但孩子的天真和依恋，不免和外面的时局格格不入："娇儿不离膝，畏我复却去。"（《羌村》其二）

只要战争没有平息，家庭的温存就不可能长久。家中幼儿尽管未知世事，却敏锐地预知了父亲又将远行，围绕在杜甫膝前不肯离去。孩子的敏感使杜甫感到愧疚，而对国家的责任感又敦促他为之奔走。我们在杜甫诗中经

家国情怀　平生家国萦怀抱

杜甫像　清殿藏本

常读到这种两难境地：一则出自对家国的拳拳忠爱；一则出自人性的至情。这自然真实的情感流露，也正是杜诗万古常新的动人之处。

除了写亲人的重逢，杜甫的诗还记录了他久别的邻里父老。处于艰难时世，这样的人情温暖显得格外动人：

> 群鸡正乱叫，客至鸡斗争。
> 驱鸡上树木，始闻叩柴荆。
> 父老四五人，问我久远行。
> 手中各有携，倾榼浊复清。
> 苦辞酒味薄，黍地无人耕。
> 兵革既未息，儿童尽东征。
> 请为父老歌，艰难愧深情。
> 歌罢仰天叹，四座泪纵横。
>
> 《羌村》其三

家乡父老用最好的东西招待杜甫，尽管他们也一样经历着贫穷和战乱。他们略带愧疚地说：自己酿的酒不好，味薄。一边说着，他们已经摆开了粗坯的酒碗，村酿的香气飘散开来，人们消瘦的脸上也有了红润的光彩。

杜甫被这淳朴的情谊深深感动了：回想安史之乱爆发之前，他曾怀抱着"致君尧舜上，再使风俗淳"（《奉赠韦左丞丈二十二韵》）的理想，但多年求仕无果，早已受尽白眼和冷遇。如今的村酿虽薄，它带给杜甫的安慰，却胜过所有的朱门酒肉。感动之余，杜甫为自己的无所作为而内疚，清代的金圣叹解读这首诗，点明了质朴诗句下涌动的深情："父老一问，直得无言可对。何也？先生远行，专为普天父老。今榼中清浊酒味如此，然则父老欲问我，只须各自问：特地出门五年、十年，而俾父老耕地无人。羞杀也，愤杀也！先生妙笔，全在无字处如此。"

杜甫曾经见过开元年间的盛景，然后眼看着它衰败到无可挽救的田地。经历和眼界使他的诗有了客观冷静的洞察力，而对家国深沉的热爱则充溢着每一句诗行。杜甫的诗收藏了唐朝最黑暗的岁月，却极少指责和控诉，对于家国的破碎，杜甫深深地痛惜，但希望与牵挂也蕴藏在其中：他既写离丧的悲苦，也写重逢的惊喜；既写时势的艰难，也写夹缝中的片刻欢愉。诗句既有饱满真诚的情感力量，又有直面惨淡的勇气和理智，仿佛把整个天宝年间的离合悲欢都担荷了起来。家国的苦难没有使他隐遁逃避，也没有令他崩溃毁灭——整个天宝年间的诗人中，唯有杜甫以史家的直面态度记录下一个时代，又用诗家的热忱去抚慰饱经丧乱的国家和人民——就拿《新安吏》来说，杜甫目睹过十几岁的少年被强征入伍，他即直书这一凄惨的场景："肥男有母送，瘦男独伶俜。白水暮东流，青山犹哭声。莫自使眼枯，收汝泪纵横。眼枯即见骨，天地终无情！"

但是又想到抵御侵略的责任，于是转换了口气去安慰这些年轻人，告诉他们行役不远，工作不重，领军的郭子仪会像父兄一样保护他们："就粮近故垒，练卒依旧京。掘壕不到水，牧马役亦轻。……况乃王师顺，抚养甚分明。送行勿泣血，仆射如父兄。"

又如《新婚别》一诗，写晚间结婚、次日清晨丈夫就应征入伍的新婚夫妇，杜甫用新嫁娘的口吻诉说自己的痛苦："兔丝附蓬麻，引蔓故不长。嫁女与征夫，不如弃路旁。结发为君妻，席不暖君床。暮婚晨告别，无乃太匆忙。"

但倾诉到痛苦极深的时候，想到国家正处在深重的灾难中，她的语气就由悲伤转为鼓舞勉励："勿为新婚念，努力事戎行！"

这种矛盾显示了杜甫诗最难能可贵的一面。百姓承担着越发沉重的租税徭役，他们的悲泣呻吟刺痛着杜甫的心；但若是一味倾诉家庭和个人的苦痛，反对兵役，国家就无人拯救，更多的家庭就会受到战争的摧残。诗人从不粉饰残酷的现实，但也尽自己所能去鼓励他们、安慰他们。只有《石壕吏》一诗例外：

> 暮投石壕村，有吏夜捉人。
> 老翁逾墙走，老妇出门看。
> 吏呼一何怒！妇啼一何苦！
> 听妇前致词：三男邺城戍。
> 一男附书至，二男新战死。
> 存者且偷生，死者长已矣！
> 室中更无人，惟有乳下孙。
> 有孙母未去，出入无完裙。
> 老妪力虽衰，请从吏夜归。
> 急应河阳役，犹得备晨炊。

夜久语声绝，如闻泣幽咽。
天明登前途，独与老翁别。

当时，兵役的残酷已经到了极致，仇兆鳌《杜少陵集详注》评论说："三男戍，二男死，孙方乳，媳无裙，翁逾墙，妇夜往。一家之中，父子、兄弟、祖孙、姑媳惨酷至此，民不聊生极矣！当时唐祚，亦岌岌乎危哉！"杜甫再也想不出什么话来安慰这一家人，这极度悲惨的画面更无须刻意渲染："天明登前途，独与老翁别。"只这一句最简单客观的叙述，就写尽了整个时代的呜咽悲凉。

即便杜甫定居成都草堂，生活稍稍和顺安定，他也没有忘记这一切，对家国的牵挂依然萦绕在他的心头：

西山白雪三城戍，南浦清江万里桥。
海内风尘诸弟隔，天涯涕泪一身遥。
惟将迟暮供多病，未有涓埃答圣朝。
跨马出郊时极目，不堪人事日萧条。

《野望》

安史之乱后，曾经如日中天的唐王朝一天天显露出日薄西山的光景，中唐诗歌的气象也反映了这种国运的变化。相比于青年杜甫"会当凌绝顶，一览众山小"（《望岳》）的奋发态度，生于中唐的白居易很早就体会到了家国离乱的忧思：

> 时难年荒世业空，弟兄羁旅各西东。
> 田园寥落干戈后，骨肉流离道路中。
> 吊影分为千里雁，辞根散作九秋蓬。
> 共看明月应垂泪，一夜乡心五处同。
> 《自河南经乱，关内阻饥，兄弟离散，各在一处。因望月有感，聊书所怀，寄上浮梁大兄、於潜七兄、乌江十五兄，兼示符离及下邽弟妹》

白居易过早地经历了离乱的苦楚：从十几岁开始，战乱就迫使他离家漂泊。唐德宗贞元十五年（799）春，宣武军和彰义军节度使等先后叛乱，关中又遇旱荒，原本居住在河南新郑的白居易一家流落五地，分散在江西、浙江、安徽、陕西。第二年春，白居易在长安考中进士，旋即东归省亲，然而故乡饱经兵燹，兄弟姐妹天各一方，祖传的家业早已凋敝寥落。家，曾经是温暖和安慰的源头，而战乱使他和这一切都失去了联系。衣锦还乡没有让白居易感觉鼓舞，反而加重了他的孤苦凄惶。生于乱世、骨肉零落，每个人都成了分飞的孤雁、飘散的秋蓬，天地间充满了动荡不安的气氛，似乎只有夜空中的明月才是永恒的，一直为散落在天南地北的亲人送去清辉，引起思念的共鸣。

这首诗作于白居易的青年时期，杜甫中年以后的《月夜忆舍弟》的况味却与其相似：

家国情怀

平生家国萦怀抱

（明）郭诩 《琵琶行图》

戍鼓断人行，秋边一雁声。
露从今夜白，月是故乡明。
有弟皆分散，无家问死生。
寄书长不达，况乃未休兵。

同样是生逢乱世的诗人，陆游早年的艰险更甚于白居易。他出生在宋徽宗宣和七年（1125），正是金兵大举入侵的一年，靖康二年（1127）就发生了汴京沦陷、北宋灭亡的"靖康之耻"。他的《三山杜门作歌》令人心惊：

我生学步逢丧乱，家在中原厌奔窜。
淮边夜闻贼马嘶，跳去不待鸡号旦。
人怀一饼草间伏，往往经旬不炊爨。
呜呼！乱定百口俱得全，孰为此者宁非天！

仅仅保全家人性命，在当时已经是天大的奇迹。没有经历过这种天崩地坼的人，恐怕无法想象陆游笔下的惊惶。王朝覆灭的悲剧，随着举家逃难路上的风声鹤唳一起，成为少年陆游不可磨灭的记忆。家国丧亡的创伤伴随了他的一生，既敦促着他谋求光复，"万里觅封侯，匹马戍梁州"，又使他不容于世，饱受"报国欲死无战场"的折磨。甚至在临终前，最令他无法忘怀的仍然是对家国的责任：

> 死去元知万事空，
> 但悲不见九州同。
> 王师北定中原日，
> 家祭无忘告乃翁。
>
> 《示儿》

这是一首写给自己儿子的绝笔诗，陆游袒露了他最后的心愿，人生一世转眼成空，只有一件事搁置不下。虽然至死都没有实现光复故土的壮怀，看不见九州一统，但他相信"王师"会有"北定中原日"，因此叮嘱儿子"家祭无忘告乃翁"。陆游毕生的热望由生前转向死后，由绝望的缝隙中生出希望，清代贺贻孙在《诗筏》里说它"率意直书，悲壮沉痛，孤忠至性，可泣鬼神"，而这一番忠荩之情，并没有写在呈给朝廷的遗疏遗表里，它只是说给儿子听的体己话，也是最真实痛切、无须矫饰的渴望。后人曾用陆游的《示儿》诗和抗金名将宗泽的遗言相比拟：宗泽临终不忘渡过黄河，收复中原，"连呼'过河'者三"（《宗史纪事本末·宗泽宗汴》），真正称得上至死不渝。

这样的强烈信念，曾经深藏在许多北宋遗民的心中。即使是被推为婉约词宗的李清照，也有过不输于陆游的壮怀率意：

> 生当作人杰，死亦为鬼雄。
> 至今思项羽，不肯过江东。
>
> 《夏日绝句》

北宋覆灭是李清照生命中的分水岭：一边是青春少艾、琴瑟和谐的前半生，另一边则是亡国丧夫之后漫长的暗夜。同时代的男子有感于家国的苦难，将光复故土视作自己的责任，身为女子的李清照又能如何呢？她不能像陆游和辛弃疾那样振臂呼喊，更没有楼船夜雪、铁马秋风的壮烈往事，她只能默默地承受起国与家的双重劫难，将整个时代的悲剧揉碎了咽下。她的才情不受闺阁的限制，在壮怀激烈以外，写出了另一种"哀感顽艳"的家国之思：

落日熔金，暮云合璧，人在何处？染柳烟浓，吹梅笛怨，春意知几许？元宵佳节，融和天气，次第岂无风雨？来相召，香车宝马，谢他酒朋诗侣。　　中州盛日，闺门多暇，记得偏重三五。铺翠冠儿，捻金雪柳，簇带争济楚。如今憔悴，风鬟霜鬓，怕见夜间出去。不如向，帘儿底下，听人笑语。

《永遇乐》

这首词是李清照晚年留寓临安所作，此时，南渡的宋室似乎已经习惯了江南的水乡，没有人想起他们先人曾经的艰难日子，也没有人愿意提及北方饱受煎熬的遗民。适逢元宵，人们经受了一个湿冷的寒冬，此时都感受到了春的气息，在这温暖融和的天气里相互召唤，簇拥着去看婵娟的月色和璀璨的灯火。恍惚间，仿佛靖康二年（1127）的悲剧已经过去很远了，世界又回到了旧日的繁荣。"中州盛日，闺门多暇"，"铺翠冠儿，捻金雪柳"，过去的记忆和眼前的景象重叠了起来。那时候,汴京城比之前任何一个朝代都更繁华,而她和赵明诚也年轻快乐,"赌书消得泼茶香",便是偶有几分闲愁,也是精致优渥的。

然而,李清照只叹息一句"人在何处",便和这似曾相识的盛景疏远起来。她似乎漫不经心地谢绝了相邀的亲友,只道是"如今憔悴,风鬟霜鬓,怕见夜间出去"。女词人早就失去了喧笑游乐的心绪:故都的珠玑罗绮在战火中化为焦土,可以依恋的家人也都先后死去,而她所有的青春和欢愉也随之被埋葬了。

李清照的词似乎并无一字提及国与家,而南宋末年的词人刘辰翁读了,却"为之涕下……每闻此词,辄不自堪"(刘晨翁《永遇乐》),相似的遭遇让他听到了管弦珠翠背后的哀音。为此,他也填了一首《永遇乐》,用的是李清照的口吻和意境,然而"悲苦过之":

> 璧月初晴,黛云远淡,春事谁主?禁苑娇寒,湖堤倦暖,前度遽如许。香尘暗陌,华灯明昼,长是懒携手去。谁知道,断烟禁夜,满城似愁风雨。　宣和旧日,临安南渡,芳景犹自如故。缃帙流离,风鬟三五,能赋词最苦。江南无路,鄜州今夜,此苦又谁知否?空相对,残釭无寐,满村社鼓。

当时,连江南的临安也已经陷落了,而元宵节又如期而至。李清照尚且能看到不减"中州盛日"的花灯,而到刘辰翁的时候,连这一点故国的景象都不复从前了:"断烟禁夜,满城似愁风雨",元军宵禁,想游玩亦不可得。太平光景如此匆遽,转瞬之间,已是天地翻覆,猛然追忆,真如隔世。他的困窘更甚于李清照,江南的战事尚未平息,刘辰翁家在庐陵,欲归不得:"江南无路,鄜州今夜,此苦又谁知否?"他怀念家中的亲人,不免想起杜甫当年被叛军所擒,在长安月夜中思念鄜州妻儿的名作:

> 今夜鄜州月,闺中只独看。
> 遥怜小儿女,未解忆长安。
> 香雾云鬟湿,清辉玉臂寒。
> 何时倚虚幌,双照泪痕干。
>
> 《月夜》

国家处在风雨飘摇之中,远处的家人也断绝了音书,而天上偏偏是一片团圞的月。它的清辉照亮过杜甫和李清照的思念,此时又映在刘辰翁的心中,引起他的忧思与怀想。岁岁年年,月圆月缺,唯其清光不减。在刘辰翁之前,它曾经触动过屈原的奇思和庾信的眼泪,辉映过岳家军的铁衣,以后,它还将照亮文天祥书写《正气歌》的纸笔,妆点于谦的祠堂,指引林则徐远赴边疆的前路。

国有历朝,家逾百代,宫墙与碑碣都将风化剥蚀,唯有对家国的情思未尝断绝。这种思念无形无声,但每当陶菊再开,苏月重圆,羲和的车驾沉入崦嵫,细雨从渭城和巴山赶来,羌管的呜咽与白霜一同飘落,它就从我们心底醒来。

苟利国家生死以

社稷之思

和现代观念中的"诗人""文学家"不同,古代中国的文人往往具有超乎笔墨文章以外的抱负,周敦颐《通书·文辞》里说:"文所以载道也。轮辕饰而人弗庸,徒饰也,况虚车乎!"他们在文学中寄托了实现"道"的期许,而"诗"这一体裁,也很早就被赋予了"言志"的功能。因此,诗对于他们而言,并不仅是消遣怡情、风雅自命的闲趣,而更是作者政治理想的寄托。流传至今的诗歌里,对于"国事民瘼"的吟咏之作可以车载斗量,它们就像一部皇皇巨史,记录着时代歌哭,也是古代文人家国情怀的写照。

一、关注民生

郑板桥曾题诗说:"衙斋卧听萧萧竹,疑是民间疾苦声。些小吾曹州县吏,一枝一叶总关情。"(《潍县署中画竹呈年伯包大中丞括》)对民生疾苦的关怀,是古人社稷之思中永恒的话题。古人学而优则仕,不代表他们从此就高高地凌驾于人民之上,相反,"为民请命",正是读书人特有的骄傲和使命。《孟子·离娄下》里说:"禹思天下有溺者,由己溺之也。稷思天下有饥者,由己饥之也,是以如是其急也。"大禹治水的时候,看到一个百姓溺水,就觉得是自己使得他溺水了;后稷教人们种田,看到一个百姓饿死,就觉得是自己令他饿死了。所谓"士当以天下为己任",就是古代儒家的责任感。

在古人的社稷情怀里,对于农村和农民的关怀占了很大的比重。所谓"社稷",追根溯源,社就是土神,稷就是谷神,农耕对于国家的重要性不言而喻。《礼记·祭统》里记载:"天子亲耕于南郊,以共齐盛。"每年正月,天子要行亲耕的古礼,以示重农。国家就像一棵参天巨树,无论怎样开枝散叶,根底还是扎在土里。土地与人们如此亲近,即便是朝廷重臣、诗书仕宦之家,也与农家关联,就像《红楼梦》中的贾府,还会有刘姥姥这样的穷亲戚,而贾政走到稻香村,见了"菱荇鹅儿水,桑榆燕子梁",也要被勾起归农之意。

当然,真正的农村生活并不永远是这样的田园牧歌。和农业的重要地位不甚相称的是,古代农民的生活十分艰辛,田里的稻黍稷麦春生夏长,秋收冬藏，农家人起早贪黑忙碌一年，才让这个人口稠密的国家得到饱足，而留给自己的所得却少得可怜。人们捧起饭碗的时候，不知能否记得这份艰辛？唐朝诗人颜仁郁写过一首《农家》诗："夜半呼儿趁晓耕，羸牛无力渐艰行。时人不识农家苦，将谓田中谷自生。"古代中国精耕细作的农业模式，需要消耗大量的劳力，农人一家老小加上一头羸弱的耕牛，不到天亮就开始劳动。倘若有人享受着农夫劳动的恩惠，却对农家的辛苦付出漠然不知，就是忘记了这个国家的根本。

孟子说："劳心者治人，劳力者治于人。"（《孟子·滕文公上》）古代读书人走上仕途之后，可以从国家那里领取俸禄钱粮，一般就无须直接参与农家的劳动了，但怀有良知的士子绝不会因此看不起田父村夫，相反，他们感念农人的汗水，更从此感到了自己责任之重。白居易观刈麦，看到人们"足蒸暑土气，背灼炎天光。力尽不知热，但惜夏日长"，又听到饥妇人的哭诉："家田输税尽，拾此充饥肠。"农民的劳作如此艰辛，所得的收获却多半入了官仓，连勉强维持温饱也不够，对此他感到深深的内疚："今我何功德？曾不事农桑。吏禄三百石，岁晏有余粮，念此私自愧，尽日不能忘。"（《观刈麦》）白居易在为官生涯里，心中时常被这种歉疚感占据，即使新制一件棉袄，也会想起百姓的饥寒："百姓多寒无可救，一身独暖亦何情。心中为念农桑苦，耳里如闻饥冻声。"（《新制绫袄成，感而有咏》）

田野上劳作的人用血汗供奉了庙堂之上的官吏，倘若他们对农夫的辛苦多一丝恻隐，也许就会少几个尸位素餐之徒。顾随说，他最不喜欢黄庭坚的一句"看人获稻午风凉"（《新喻道中寄元明用觞字韵》），说黄庭坚"不独如世所谓严酷少恩,而且几乎全无心肝。获稻一事,头上日晒,脚下泥浸,何等辛苦?'午风凉'三字,如何下得?可见他是看人,假使亲手获稻,还肯如此写,如此说么?"(《苏辛词说》)即便不是自己获稻,也应当对农人的辛苦抱有一点感激。古代文人多数不会像陶渊明一样,亲自去"晨兴理荒秽",但他们对农夫的同情是很普遍的,譬如唐末聂夷中的《田家》:

> 父耕原上田,子劚山下荒。
> 六月禾未秀,官家已修仓。
> 二月卖新丝,五月粜新谷。
> 医得眼前疮,剜却心头肉。
> 我愿君王心,化作光明烛。
> 不照绮罗筵,只照逃亡屋。

《唐诗别裁集》评论这首《田家》,说它可以和柳宗元的《捕蛇者说》相匹敌。唐末的农村怪象频生:六月禾苗还未开花,地方官就开始建造、修理仓库准备收取钱粮租税了。二月蚕种始生,五月秧苗始插,如何会有丝可卖、有谷可粜?这种事情,叫作"卖青"——农作物尚未长成,就要先拿去抵偿各种苛捐杂税,而来年的生计又要去哪里讨呢?明知道是"剜肉补疮",也只能忍痛救急。地方官只图自己的政绩,却对农民的艰辛毫无体恤之心。诗人痛心疾首,又束手无策,只能发于歌咏,祈求天子圣明、多体恤一点民生的疾苦。白居易主导的新乐府运动,也正是怀着这种"惟歌生民病,愿得天子知"(《寄唐生》)的初衷。

其实说到底，他们殷殷期待的天子何尝不是这场掠夺的共谋？李绅说："四海无闲田，农夫犹饿死。"（《悯农》其一）农夫以汗水浇灌禾苗，所得的收成却不归自己，因为"普天之下，莫非王土"，他们的收获就被理直气壮地夺走。也许国家收取的租税还能够承受，地方官一层层盘剥下来，才压得他们越发喘不过气。农民普遍贫困，享有特权的人袖手无为，却取走了大部分的收成。这种分配不公，在古代农业中十分普遍，因此也成为诗歌中长期咏叹的主题。在《诗经》里，人们就颇有愤懑之词："不稼不穑，胡取禾三百廛兮？不狩不猎，胡瞻尔庭有县貆兮？"在唐代张籍的《野老歌》里，则是：

老农家贫在山住，耕种山田三四亩。
苗疏税多不得食，输入官仓化为土。
岁暮锄犁傍空室，呼儿登山收橡实。
西江贾客珠百斛，船中养犬长食肉。

贫农家住深山，耕种的仅是山间三四亩薄田，但官府收租的手还是伸向了这个偏僻的角落，真是"任是深山更深处，也应无计避征徭"（杜荀鹤《山中寡妇》）。官府的搜刮无孔不入，非但不会放过深山的薄田，就连没有耕地的贫农在湖上种一点菱角，也能巧立名目地当成耕地来收租："采菱辛苦废犁锄，血指流丹鬼质枯。无力买田聊种水，近来湖面亦收租。"（范成大《夏日田园杂兴》其十一）收成扣除了租税，剩下的连糊口也不够，官仓里却相反：收来的粮食堆积日久，都化成了土灰。不仅男子耕作的成果被官府掠夺，平民妇女桑蚕纺织所得，也躲不过相似的结局，白居易《秦中吟》之《重赋》记录道："昨日输残税，因窥官库门。缯帛如山积，丝絮似云屯。号为羡余物，随月献至尊。夺我身上暖，买尔眼前恩。进入琼林库，岁久化为尘！"

平民百姓耕织一年，即便风调雨顺，所得不过温饱，有些地方官吏为求高升，竟然把这一点绵薄的收成称为"羡余物"搜刮了来，献给皇帝求取恩宠。对这种赤裸裸的掠夺和不公现象，"食君禄，忠君事"的古代文人颇觉得刺眼。"居庙堂之上则忧其民"，这是古代士人的良心和责任使然，这种良知使他们不甘于醉生梦死，而要清醒地睁眼去看底层的生活，并为人民的疾苦而振臂发声。

二、匡正时弊

古代的租税徭役常令百姓苦不堪言。正当的税收本是国家职能的一部分，若是取用有度，国家也能因此长治久安。但在国家的正常赋税之外，一些人为了自己的富贵高升，巧立名目、横征暴敛，耗费民力巨大，则对于国计民生毫无裨益。针对社会上巧立名目的掠夺，白居易《重赋》诗中讽刺道："厚地植桑麻，所要济生民。生民理布帛，所求活一身。身外充征赋，上以奉君亲。国家定两税，本意在忧人。厥初防其淫，明敕内外臣：税外加一物，皆以枉法论。奈何岁月久，贪吏得因循。"

白居易的讽喻诗，对于这样的掠夺者有过不少尖锐讽刺，他主张"文章合为时而著，歌诗合为事而作"（《与元九书》），在诗歌里贯彻着"疾贪吏""活疲民""念寒隽"的理念。白居易以诗歌为汤药，试图疗救时代的弊病。例如他的《黑潭龙》一诗，曾经对当时的贪吏勾结巫师，以"神龙"为名欺瞒掠夺百姓的行为进行了揭露：

> 黑潭水深黑如墨，传有神龙人不识。
> 潭上架屋官立祠，龙不能神人神之。
> 丰凶水旱与疾疫，乡里皆言龙所为。
> 家家养豚漉清酒，朝祈暮赛依巫口。
> 神之来兮风飘飘，纸钱动兮锦伞摇。
> 神之去兮风亦静，香火灭兮杯盆冷。
> 肉堆潭岸石，酒泼庙前草。
> 不知龙神享几多，林鼠山狐长醉饱。
> 狐何幸，豚何辜，年年杀豚将喂狐。
> 狐假龙神食豚尽，九重泉底龙知无？

乡民们传说，这黑潭底下有"神龙"，能决定一年里的旱涝和收成。而当地的官员则利用人们对"神龙"的敬畏，在黑潭上立起祠庙，将这不见首尾的"龙"捧上了神坛。无论是庄稼年成，还是水旱灾疫，都一概算到"神龙"的头上，让百姓供奉猪肉清酒，名为祭祀"神龙"，实为中饱私囊，正是"不知龙神享几多，林鼠山狐长醉饱"。一旦借了为官威势，这些人就把百姓当作可以任意宰割的猪狗，白居易在末句质问道："狐假龙神食豚尽，九重泉底龙知无？"潭底的"龙"是故弄玄虚，这样胡作非为的官员是假借了"真龙天子"的威势才得以横行，天子失察和无所作为，恐怕才是这种罪恶的根源。

这样因为皇家默许或者失察而滋生的掠夺，还有中唐以来著名的"宫市"。唐德宗贞元年间，皇宫中所需物品的采购权被宦官抓到手里，他们专权横行，常在长安市集上低价强购货物，甚至分文不给，还向百姓勒索"门户钱""脚价钱"。韩愈的《顺宗实录》就曾记载：一个农夫背着柴进城叫卖，却被一个打着"宫市"名头的宦官强买，仅付给他几尺绢作为货款，这还不算，宦官还向农民勒索"门户钱"，执意要牵走农民的驴运柴入宫，即使农民哭泣求饶，宁愿把绢交还，宦官也不予理睬。韩愈一针见血地指出："名为宫市，而实夺之。"（《宫市》）陈寅恪在《元白诗笺证稿》中也写道："宫市者，乃贞元末年最为病民之政"。这样的弊政虽然屡屡受到谏官的批评，却最多惩治几个"惹事"的宦官，并不革除。

白居易的《卖炭翁》一诗，对这种"宫市"弊政做了尖锐的揭露：

卖炭翁，伐薪烧炭南山中。
满面尘灰烟火色，两鬓苍苍十指黑。
卖炭得钱何所营？身上衣裳口中食。
可怜身上衣正单，心忧炭贱愿天寒。

> 夜来城外一尺雪，晓驾炭车辗冰辙。
> 牛困人饥日已高，市南门外泥中歇。
> 翩翩两骑来是谁？黄衣使者白衫儿。
> 手把文书口称敕，回车叱牛牵向北。
> 一车炭，千余斤，宫使驱将惜不得。
> 半匹红绡一丈绫，系向牛头充炭直。

从"卖炭得钱何所营？身上衣裳口中食"来看，这个老翁大概不是趁农闲贴补家用而烧炭贩卖，他没有自己的田地，所有的衣食来源都靠着辛苦烧炭卖炭勉力维持。"可怜身上衣正单，心忧炭贱愿天寒"，卖炭之人得不到丝毫温暖，在寒冬中瑟瑟发抖，类似的怪现象在古代俯拾皆是："垅上扶犁儿，手种腹长饥。窗下投梭女，手织身无衣。"（于濆《苦辛吟》）"遍身罗绮者，不是养蚕人。"（张俞《蚕妇》）"陶尽门前土，屋上无片瓦。十指不沾泥，鳞鳞居大厦。"（梅尧臣《陶者》）种地的男子食不果腹，织布的女子衣不蔽体，养蚕人穿不起罗绮，建筑工住不起大厦，劳动者得不到应有的报偿，而权贵们的生活却日益奢靡，两者的生活境遇有着天渊之别。

卖炭翁虽不是交租纳粮的农夫蚕妇，但他的遭遇并不比农夫更幸运。他在长安市集上叫卖了一天，牛和人都已经饥寒困乏，正准备在南门外的泥地上歇息一阵，却迎面来了两个黄衣白衫的宦官，他们看到卖炭老翁，就展开一张文书，口里宣称皇帝的敕令：宫中需要木炭取暖。老翁作为一介平民，非但不能讨价还价，只怕还得磕头谢恩。两个宦官堂而皇之地牵走牛车，把炭送进皇宫。他们只付给老人半匹红纱一丈绫，就把一车千余斤的木炭"买"下，这是远低于市价的报酬，几乎等同于白取。

其实对于宫里的皇帝来说，即便未必是"鼎铛玉石，金块珠砾"，这一车炭的价钱也何尝值得什么呢？可对这个伐薪烧炭的老翁来说，这一车炭就是生活的全部来源和希望。木炭被强买，老人这一冬的"身上衣裳口中食"，再向哪里讨取呢？这样令人绝望和不平的现实，实在令观者下泪，闻者痛心。

中唐以后的衰落不是没有理由的：天宝年的刀兵刚刚停息，躲避战火的难民还在远离家乡的地方流浪，战场上的白骨也还没有掩埋，而朝堂上已经重新奏起管弦，达官显贵们巧取豪夺，奢靡享乐之风盛行，丝毫不问民间疾苦。当时的贫富差距如此悬殊，地方官还"每假进奉，广有诛求"（白居易《论裴均进奉银器状》），时常巧立名目，以"进奉"的名目搜刮民脂民膏，白居易对他们的行径十分不齿，他的《红线毯》便对这一类现象做了讽刺：

> 红线毯，择茧缫丝清水煮，拣丝练线红蓝染。
> 染为红线红于蓝，织作披香殿上毯。
> 披香殿广十丈余，红线织成可殿铺。
> 彩丝茸茸香拂拂，线软花虚不胜物。
> 美人踏上歌舞来，罗袜绣鞋随步没。
> 太原毯涩毳缕硬，蜀都褥薄锦花冷。

> 不如此毯温且柔，年年十月来宣州。
> 宣城太守加样织，自谓为臣能竭力。
> 百夫同担进宫中，线厚丝多卷不得。
> 宣城太守知不知？一丈毯，千两丝。
> 地不知寒人要暖，少夺人衣作地衣！

  纯用蚕丝织就的地毯，即使放在物资丰富、生产发达的当代社会，也算得上一件奢侈之物，何况在古时候，全凭手工匠人择茧缫丝、拣丝练线、染色织毯，耗费十几道精细的工序才织成一张地毯，这地毯的用处是什么呢？"披香殿广十丈余，红线织成可殿铺。……美人踏上歌舞来，罗袜绣鞋随步没。"披香殿是汉代的宫殿名，汉成帝的皇后赵飞燕曾在此轻歌曼舞，翩然如仙，这柔软的丝毯正与美人的罗袜绣鞋相宜。皇帝沉湎于歌舞宴乐，连美人足下的地毯都极尽奢华：太原毛毯、蜀都锦褥，本都是毯中上品，但在皇家的挑剔眼光看来，一则生涩僵硬，一则冰凉单薄，都不如这宣城的丝毯温暖柔软，最适宜大殿上的歌舞升平。

  一个地方的特产，本来是自然恩赐和人们辛勤劳作的结晶，值得当地人为之自豪。但它不幸被皇帝看中，成了当地人民的沉重负担。宣城太守把进贡丝毯视为自己升迁的良机。他将出产的地毯又新做花样，加厚质地，自夸"为臣能竭力"，殚精竭虑只为了博得皇上欢心，却不顾为此要耗费多少民力。

  织成红毯尚且如此艰难，进奉入宫又是好一番折腾：因为红毯"线厚丝多卷不得"，竟然需要上百个民夫一起担着，展平了从宣城运到京师。且不说古代交通不便，这种奇特的运送方式恐怕连骑马代步也困难。由宣州到长安千里之遥，一路上跋山涉水，风餐露宿，又要保护红毯不受日晒雨淋，个中艰辛，实在令现代人难以想象。白居易知道这红毯背后的辛酸故事，不由得感到痛心疾首，他激烈地批评道："宣城太守知不知？一丈毯，千两丝。地不知寒人要暖，少夺人衣作地衣！"

劳动者负担沉重而收获微薄，与此同时，贵族却极尽追求奢侈品。中唐的奢靡风气在上层社会流行，与之形成对比的却是民生的凋敝，这种差距时常令白居易感到痛惜，他的《秦中吟·买花》写了另一种长安城中的奢侈风尚："灼灼百朵红，戋戋五束素。"牡丹国色天香，花开时节动京城，富人们追捧牡丹名种，为之一掷千金，但真正买单的却是向他们交租纳税的农民。朴实的农民大概不能理解这种雅兴："有一田舍翁，偶来买花处。低头独长叹，此叹无人谕。一丛深色花，十户中人赋！"一丛深色的牡丹花，竟然价值十户中等人家的赋税。"牡丹倾国"一语，既令人心迷神醉，也令人为之心惊，就像宋朱淑真的《牡丹》诗说的："娇娆万态逞殊芳，花品名中占得王。莫把倾城比颜色，从来家国为伊亡。"

这样的"雅好"，不知凝结了多少户人家的血汗。这样的奢侈品在唐朝还有另一个著名的案例：荔枝。它生于岭南，滋味甘甜多汁，但极不容易保存，北方人要吃到新鲜荔枝是颇费周章的。为了让杨贵妃吃上新鲜荔枝，运送的使者一路策马疾驰，好让送上贵妃案头的荔枝仍是"风枝露叶如新采"（苏轼《荔枝叹》）。杜牧对此写过著名的《过华清宫》："一骑红尘妃子笑，无人知是荔枝来。"这句诗流传甚广，以至于"妃子笑"成了一种上品荔枝的芳名，原本的讽刺色彩则日益淡薄。苏轼流放岭南，品尝到这种鲜美的佳果，先是赞不绝口，继而也想到了前朝故事，他写下了一首《荔枝叹》，诗中说道：

我愿天公怜赤子，莫生尤物为疮痏。
雨顺风调百谷登，民不饥寒为上瑞。

为了天下苍生的福祉，苏轼这个美食家也不惜割舍口腹之享，希望上天不要出产这样的奇珍。荔枝固然鲜甜可喜，但和天下百姓的生计比起来，又何足道哉？苏轼的感叹，不仅仅是一种怀古幽思，喜欢荔枝的杨贵妃已经在马嵬坡自缢，唐朝的历史也早已翻篇，他叹息着类似的故事还是在宋朝重演着，只是把朝贡的荔枝换成了别的新鲜花样："君不见，武夷溪边粟粒芽，前丁后蔡相宠加。争新买宠各出意，今年斗品充官茶。吾君所乏岂此物，致养口体何陋耶？洛阳相君忠孝家，可怜亦进姚黄花。"

所谓"武夷溪边粟粒芽"，就是上品的武夷茶，宋朝君臣嗜茶如命，宋徽宗赵佶在《大观茶论》里对当时茶艺之精、品茶风气之盛颇为自豪："采择之精，制造之工，品第之胜，烹点之妙，莫不盛造其极。"武夷茶是北苑贡茶的一部分，苏轼之弟苏辙说："北苑茶冠天下，岁贡龙凤团。"（《凤味石砚铭》）福建的官员为了讨皇帝欢心，争相斗品武夷山的名茶，范仲淹写过《和章岷从事斗茶歌》："北苑将期献天子，林下雄豪先斗美。……斗

家国情怀　苟利国家生死以

41

〔宋〕刘松年 《斗茶图》

茶味兮轻醍醐，斗茶香兮薄兰芷。"斗出来最上品的茶叶自然要作为贡品，快马加鞭地送到汴京的皇城中去。而所谓"前丁后蔡"，前者指的是曾在福建做官的丁谓，他在任上专意制作龙凤团茶进贡天子，以"早、快、新"的特点博得了赏识，正是"建安三千里，京师三月尝新茶"（欧阳修《尝新茶呈圣俞》）；后者则是以书法闻名后世的蔡襄，他曾出意造"密云小团"作为贡物，一个半两的茶饼价值黄金二两，他自己作诗形容过这种名茶之妙："屑玉寸阴间，抟金新范里。规呈月正圆，势动龙初起。焙出香色全，争夸火候是。"（《北苑十咏·造茶》）

丁、蔡诸人借助在福建为官的便利，以贡茶位显。出自被誉为"洛阳相君忠孝家"的钱惟演，见丁谓位高权重，意欲与他结为姻亲，洛阳无名茶，却有名动天下的牡丹，钱惟演就设立驿站，向宫廷进贡牡丹中的珍品"姚黄花"，开了贡花的先例。这些争宠献媚的官员，把迎合皇帝的口体之欲作为晋升的"终南捷径"，如何还会顾及百姓的死活？

到了现代社会，这些宣城毯、武夷茶、姚黄花也仍然是贵重之物，但毕竟不再是皇室专用的"贡品"，小富之家也消费得起了。不过，某些古代的享乐方式则纯粹是时代的产物，已经随着历史的推移而销声匿迹，现代人非但无福消受，只怕想一想也会摇头咋舌——在古代的湖南道州，有一种奇特的"贡品"，既非金银珠宝，也非草木禽鱼，而是活生生的人："道州民，多侏儒，长者不过三尺余。市作矮奴年进送，号为道州任土贡。任土贡，宁若斯？不闻使人生别离，老翁哭孙母哭

儿。"(白居易《道州民》)

这种用"侏儒"当贡品的恶劣传统,据说起源于隋炀帝的时候。当年道州附近出了一个叫王义的小矮人,擅长插科打诨,隋炀帝见他伶俐逗趣,十分喜欢,就整天带他在身边取乐。道州的一些地方官为了迎合"上意",竟然说当地出产这样的"矮奴",把道州人民当成礼物进贡给皇帝,还美其名曰:这就是《尚书·禹贡》说的"任土作贡"。可怜那些被卖进宫里的"矮奴"都还是小孩子,他们与父母生离死别,哭声震天。道州地方官为了博取皇帝欢心,竟然做出这样丧尽天良的事情,白居易感到非常愤慨。这种残忍的"进贡"年年都在进行,从隋朝一直沿袭到中唐,直到一位叫阳城的官员来道州当刺史,才彻底废除了这种制度:"一自阳城来守郡,不进矮奴频诏问。城云臣按六典书,任土贡有不贡无。道州水土所生者,只有矮民无矮奴。吾君感悟玺书下,岁贡矮奴宜悉罢。道州民,老者幼者何欣欣。父兄子弟始相保,从此得作良人身。道州民,民到于今受其赐,欲说使君先下泪。仍恐儿孙忘使君,生男多以阳为字。"(白居易《道州民》)

阳城到了道州,不再给朝廷进贡"矮奴",宫里频频发来诏书,责问他为何不再进贡。阳城据理力争说:"根据《唐六典》,进贡要根据当地土地肥瘠,量力而行。道州水土所生的人民虽然身材小,但都是大唐子民,不是什么'矮奴'。拿'任土作贡'作为进贡'矮奴'的理由,显然是不合适的。"皇帝看了阳城的奏疏,也认为他说得有理,就下令废除了"岁贡矮奴"的恶法。道州的百姓闻听,无不欢天喜地,奔走相告:从今以后,一家老小终于可以保全，从此不再做奴隶了。他们感激阳城的仗义执言，每次说起他，还没开口就先掉下感动的眼泪，他们唯恐后代忘记了这位为民请命的好官，以后生了男孩，都常用他的姓"阳"来起名。

古诗中记录的这种种奇风陋俗，使今人读来也为之唏嘘，感于古代吏治之黑暗、民生之艰难，同时也有感于这些不顾自身安危、时刻为百姓忧心的正直之士。这种为民请命的信念，使得"士大夫"有别于"官僚"，也使得底层民众的世界里多了几分光明和希望，令他们即使处在漫长的暗夜，也可以相互扶持着前行。

三、救亡图存

晚清时期，中国面临"千年未有之大变局"，与司空见惯的"改朝换代"不同，这次人们所面临的不再是一家一姓的兴亡，而是整个国家和民族在世界上的生死存亡：在席卷全球的殖民浪潮之下，中国民众受到的掠夺比任何一个朝代都更严重。在西方的坚船利炮之下，"社稷兴亡"在此时显得比任何一个朝代都更复杂。为了挽救民族的危机，晚清的许多有识之士不惜"上穷碧落下黄泉"（白居易《长恨歌》），去追寻救国的良方，为自己的民族在暗夜和蛮荒之中劈开一条生路。

清朝末年，英国向中国走私鸦片，使得中国大量白银外流、国民体质羸弱。为了遏制鸦片流毒，林则徐在虎门主持销烟，对鸦片贩子采取强硬态度。英国以此寻衅，点燃了第一次鸦片战争的炮火。清政府一再战败，却将战败归咎于林则徐，将他流配到遥远的新疆。林则徐在西安告别送行的家人，并吟诗一首：

> 力微任重久神疲，再竭衰庸定不支。
> 苟利国家生死以，岂因祸福避趋之。
> 谪居正是君恩厚，养拙刚于戍卒宜。
> 戏与山妻谈故事，试吟断送老头皮。

《赴戍登程口占示家人》其二

"苟利国家生死以，岂因祸福避趋之"一句，足可以脍炙人口。《左传》记载，郑国的子产执政，意欲有所改革，遭到一些人的反对，子产坚持说："苟利社稷，生死以之。"林则徐深深服膺子产的胆识，身为晚清重臣，他要放下几千年来"天朝上国"的傲慢，在清王朝闭目塞听的大环境下，去主动了解西方国家的情况，绝不是一件容易的事情，堪称"中国近代开眼看世界的第一人"。不过，林则徐作为一个科举出身的士大夫，他的知识储备和精神气质都来自古老的中国，而当时世界局势的发展又远远地超出了一般国人的认知。受到历史客观条件的局限，林则徐的一己之力并不能挽救晚清王朝的国运，但他打击鸦片贸易的强硬态度，以及在抵御外侮时表现出的民族气节，受到了后人广泛的传颂。

从林则徐的诗里，也能看出他的传统文人气质，在被革职发配后，他还能"不以物喜，不以己悲"，他跟妻子笑谈起宋人的故事：宋真宗听说隐者杨朴善于诗文，就把他召来，问道："这趟前来，可有人作诗送卿？"杨朴巧妙答道："臣的妻子曾作诗一首：更休落魄耽杯酒，且莫猖狂爱咏诗。今日捉将官里去，这回断送老头皮。"宋真宗大笑，把杨朴放还回家。当年苏轼遭人诬陷下狱，妻子哭着送他出门，苏轼却对她幽了一默："子独不能如杨处士妻作一首诗送我乎？"妻子不禁破涕为笑。

林则徐和苏轼一样，都有一种逆境中的乐观，他还在《赴戍登程口占示家人》其一中说：

出门一笑莫心哀，浩荡襟怀到处开。
时事难从无过立，达官非自有生来。
风涛回首空三岛，尘壤从头数九垓。
休信儿童轻薄语，嗤他赵老送灯台。

林则徐落难，他的政敌们弹冠相庆，诅咒他此去新疆是"赵老送灯台，一去更不来"。但林则徐并不介怀，甚至把这恶毒的诅咒戏谑地写进诗里，只当作一个蹩脚的笑话。

林则徐的乐观并不只用在吟诗作赋上，他到了新疆，并没有因自己在仕途上受到挫折而心灰意冷，他也像苏轼在惠州、儋州一样，踏踏实实地为百姓办起了实事。林则徐在吐鲁番开凿坎井，把大片荒野变成沃土，又用广东福建的柳树种植成林，挡住了沙漠的狂风，还利用吐鲁番出产的棉花，教当地民众纺纱织布。看到新疆的面貌大为改观，林则徐欣慰地写了一首《回疆竹枝词》："桑葚才肥杏又黄，甜瓜沙枣亦糇粮。村村绝少炊烟起，冷饼盈怀唤作馕。"从这首竹枝词里，能读出一种发自内心的喜悦，想必对林则徐而言，南疆的耕织就跟在海上抵御外侮一样，即使境遇不同，也皆是为国为民，有什么值得怨恨的呢？

林则徐对他的命运毫无怨言，但对于清王朝来说，将国之利器弃置不用，无异于自毁长城。林则徐离去后，继任的琦善废弃了他布下的水师重炮，改向求和，把香港割让给了英国。消息传来，神州失色，晚清诗人黄遵宪几次途径香港，目睹故土上飘扬着英国的旗帜，感到触目惊心："水是尧时日夏时，衣冠又是汉官仪。登楼四望真吾土，不见黄龙上大旗。"（《到香港》）这仅仅是一个开头，尔后的鲸吞蚕食，更不胜枚举。"家国沦丧"四个字，很是刺痛了晚清以来的中国人。诗人眼睁睁看着"割地赔款"，无不感到痛心疾首。

败于西方列强倒还罢了，从前一直学习中国的日本随着明治维新而崛起，随后也加入瓜分中国的行列，甲午海战一败，台湾被割让给日本，使得以"中华上国"自居的国民感到巨大的震动：

> 春愁难遣强看山，往事惊心泪欲潸。
> 四百万人同一哭，去年今日割台湾。
>
> 丘逢甲《春愁》

海外列强虎视眈眈,而朝中君臣却犹自痴迷于宫闱之内的缠斗,把国家民族的危亡抛于脑后。早在春秋时期,鲁国的曹刿就感叹过:"肉食者鄙,未能远谋。"(《左传·庄公十年》)跟那些居于高位,却对时局毫无洞察的达官贵人不同,有一些心系家国的人已经睁开了双眼:

> 千声檐铁百淋铃,雨横风狂暂一停。
> 正望鸡鸣天下白,又惊鹅击海东青。
> 沉阴曀曀何多日,残月晖晖尚几星。
> 斗室苍茫吾独立,万家酣睡几人醒?
>
> 黄遵宪《夜起》

黄遵宪被誉为"近代中国走向世界第一人"。他写这首《夜起》的时候,正值光绪二十七年(1901)《辛丑条约》签订。黄遵宪被夜间的暴雨惊醒,听到屋下的檐马相撞,发出杂乱的声音,他想起当前的国事,也正像这晚的"雨横风狂"一般。当时,八国联军刚刚撤去,人们满心以为黑夜终于过去,却被无情的现实又一次打击了,"又惊鹅击海东青"。"鹅"是"俄"的谐音,海东青则是产于中国东北的雕。元人杨允孚的《滦京杂咏》写过:"新腔翻得凉州曲,弹出天鹅避海青。"海东青这样的猛禽,此时也失魂丧魄,被北面的沙俄欺侵掠夺。中国的悲惨命运,还要延续到几时呢?黄遵宪仰望残月疏星,伫立斗室,忧愤不能入睡,而门外的神州大地还在沉沉入梦。这种"众人皆醉我独醒"的情景,怎不令他这样的志士感到忧愤?

〔清〕杨鹏秋 《黄遵宪像》

　　黄遵宪曾经把目光投向东洋，同样是东亚国家，日本明治维新的成功对他产生了强烈的震撼。黄遵宪担任驻日参赞的时候，仔细地考察过日本的历史和现状，写成了一系列《日本杂事诗》，试图从日本的经验里探寻出一条救亡图存的道路。1848年，美利坚的"黑船"造访日本，引起了日本朝野的震动，黄遵宪把这段历史写进诗里："鳄吼鲸呿海夜鸣，捧书执耳急联盟。群公衮衮攘夷策，独幸尊王藉手成。"当时执政的德川幕府束手无策，内忧外患之下，日本的许多有识之士举起"尊王攘夷"的大旗，迫使德川幕府把大政归还给天皇，为明治维新铺平了道路。对于他们的壮举，黄遵宪很是倾慕：

叩阍哀告九天神，几个孤忠草莽臣。
断尽臣头臣笔在，尊王终赖读书人。

黄遵宪对源光国、高山彦九郎、蒲生秀实这些维新的先行者很是推崇。他认为，日本的攘夷志士能够不畏当局的刀斧取得最后的成功，也和中国文化"舍生取义"的渊源有关："攘夷议起，哗然以尊王为名，一倡百和。幕府严捕之，身伏萧斧者，不可胜数。然卒赖以成功，实汉学之力也"。

除了介绍日本的维新，黄遵宪还格外留心日本引进的西方新鲜事物，他的《日本杂事诗》，记录了大量的西式器物，先用诗歌描摹其名状，再用短文加以说明，其中"师夷长技以制夷"的意图不言而喻，西方的风物也借此进入了中国诗的视野之内。

且看他写日本的报业：

欲知古事读旧史，欲知今事看新闻。
九流百家无不有，六合之内同此文。

写纸币：

闻说和铜始纪年，孔方渐变椭成圆。
通神使鬼真能事，土价如金纸作钱。

写日本的海陆军制：

> 中将登坛妙指挥，宫妃鹄立亦戎衣。
> 连环拐马连珠炮，更请君王看一围。

写消防局：

> 照海红光烛四围，弥天白雨挟龙飞。
> 才惊警枕钟声到，已报驰车救火归。

这种以西方新奇事物和技术入诗的方法，一度在晚清学人之间十分流行。像严复描写欧战之激烈、武器之新奇："洄漩螺艇指潜渊，突兀奇肱上九天。长炮扶摇三百里，更看绿气坠飞鸢。"其中的潜艇、飞机、炮弹、毒气，对于只有冷兵器装备的中国军队来说，大概是前所未见的奇景。诗人们不但记录新鲜器物，也将西方的科学理论引入诗里，像曾纪泽《八月十五日夜森比德堡对月》中的"冰轮何事摇沧海，去作长天万顷涛"，用万有引力定律解释了月亮引起大海潮汐的现象，这样的新奇理论在前代的咏月诗里也是闻所未闻的。

不过，这些诗尽管敏锐地捕捉到了当时的新奇事物，却少了几分诗的韵味。也许在晚清的人看来，还有几分"开眼看世界"之初的新鲜感，到了今天，这些西方事物早就司空见惯，这些诗也就不再值得称奇，比起唐诗宋词"不废江河万古流"（杜甫《戏为六绝句》其二），它们的"保鲜期"相当短暂。这大概是一种文化的水土不服：西方的发明在晚清大量涌进中国，但多数只是被视为一种新奇之物，还没有真正得到文化心理上的认同。这些题咏西方事物的诗人里，黄遵宪相对出色，他对于西方事物较为开明，能够用西方事物写中国诗而不留痕迹。如说照相："开函喜动色，分明是君容。自君镜奁来，入妾怀袖中。"（《今别离》）再如说东西半球时差："恐君魂来日，是妾不寐时。妾睡君或醒，君睡妾岂知。"（《今别离》）不过，虽然黄遵宪题咏的对象都是新的，诗的内核却还是旧诗的气质，只是借照相技术和东西半球时差来写古诗中常见的闺怨。钱钟书在《谈艺录》中批评黄遵宪的这一点，说他："差能说西洋制度名物，掎摭声光电化诸学，以为点缀，而于西人风雅之妙、性理之微，实少解会。故其诗有新事物，而无新理致。"

这些西方舶来品的出现，固然给暮气沉沉的紫禁城带去了一点新鲜的气息，但当时的清王朝痼疾已深，"师夷长技以制夷"的药方，并没能撼动问题的根本，也没能挽救这个古老帝国的衰亡。中日甲午海战中，北洋海军全军覆没，原本的"师夷长技"口号也渐渐地不被人提起，人们开始探寻新的出路。

1895年，《马关条约》议定的消息传到北京。这个节点上，正好遇上各地举人上京会试，两个来自广东的举人康有为、梁启超听闻这个消息，感到心痛如割。这些正当年轻的举人不甘于默默承受屈辱，彼此联络、鼓吹，将众人的呼吁集结起来，写成联名请愿书，要求"拒和，迁都，变法"，这就是震动一时的"公车上书"。这些年轻的举人并非是一时意气，他们在十年寒窗的岁月里，就已经敏锐地感受到了国家命运的变化。早些年，邓承修主持中法勘界，与法国人据理力争，却遭到清政府的打压撤换，康有为听到消

息,满含悲愤地给邓承修寄去一首七律:

> 山河尺寸堪伤痛,鳞介冠裳孰少多?
> 杜牧罪言犹未得,贾生痛哭竟如何!
> 更无十万横磨剑,畴唱三千敕勒歌。
> 便欲板舆长奉母,似闻沧海有惊波。
> 　　　　《闻邓铁香鸿胪安南画界撤还却寄》

祖国山河被鲸吞蚕食,而他作为处于"江河之远"的一介书生,又能有多少作为?晚唐杜牧一生沉沦下僚,仍然心忧国事,将整治藩镇割据的策论写成一篇《罪言》,因为"国家大事,牧不当言,言之实有罪"。而西汉贾谊遭到妒忌排挤,被贬黜到长沙,他的无伦才调都在寂寞中被荒废掉,只能痛哭终日,抑郁而终。子曰:"不在其位,不谋其政。"(《论语·宪问》)可惜杜牧和贾谊虽然满怀才情抱负,却始终没遇上和他们的才华相匹配的"位",年轻的康有为也和他们当年一样急不可耐,想要早日冲破眼前狭小的樊笼,为他满目疮痍的国家做一块补天之石。

1898年,康有为似乎终于得到了一展宏图的机会,他得到光绪帝的召见,得以纵论胸中谋划,然而维新变法伊始,就已经笼罩了一层阴云:康有为面见光绪的前一天,极力支持维新的帝师翁同龢却被慈禧斥逐,这无疑是为了给维新派一个下马威。康有为写下《怀翁常熟去国》一诗,抒发了对翁同龢的叹惋,也曲折地吐露了对国家前途的隐忧:"早携书剑将行马,忽枉

〔清〕杨鹏秋 《康有为像》

轩裳特执裾。深惜追亡萧相国，天心存汉果何如？"

他的忧心成了现实：维新实行了一百日，慈禧太后就发动政变，光绪被囚禁在瀛台，主持维新的"六君子"被捕牺牲，而康有为侥幸躲过了屠刀，却被刽子手们加上了"弑君"的污名。康有为漂泊海上，为中国的前途和光绪的命运忧思不已，他在轮船上低吟一首绝句：

忽洒龙漦翳太阴，紫微移座帝星沉。
孤臣辜负传衣带，碧海波涛夜夜心。

《八月九日，在上海英舰，为英人救出，得伪旨，称吾进丸弑上，上已大行，闻之一痛欲绝，决投海，写诗系衣带。后英人劝阻，谓消息未确，请待之，派兵船保护至香港》

而"六君子"之一的谭嗣同听到了政变消息,却并不急于逃亡。他筹划营救光绪不成,就将自己的书信文稿托付给梁启超,让他东渡日本,为革新保留卷土重来的力量,自己则决定以死相殉。谭嗣同拒绝了日本使馆的保护,决心用自己的头颅来为变法献祭:"各国变法,无不从流血而成,今中国未闻有因变法而流血者,此国之所以不昌也。有之,请自嗣同始!"(梁启超《谭嗣同传》)其实早在变法之初,谭嗣同对于维新党人可能遭受的结局早有预料,他曾在《阻风洞庭湖赠李君时敏》一诗中写道:

中原击楫几何时,廊庙伊谁发杀机。
岂有党人危社稷?竟教清议付诸夷。
令名寿考原难并,郭太申屠匪所思。
忍绝读书真种子?[1]先生如此我安归。

谭嗣同诗中用的是东汉末年范滂的典故,当时的宦官大兴党锢之狱,被称为"江夏八俊"之一的范滂因为举劾不法权豪,被诬陷为"党人"下狱。他的老母亲来狱中探望他,范滂对母亲说:"我的生死存亡,不过是得其所哉,幸好家中还有弟弟仲博孝敬,足以供养母亲,请您不要过于哀戚。"范滂的母亲则回

---

[1] "读书种子"一语,见于周密《齐东野语·书种文种》:"山谷云:'士大夫子弟……,然不可令读书种子断绝,有才气者出,便当名世矣。'"明朝方孝孺辅佐建文帝而与发动"靖难之役"的燕王朱棣为敌。朱棣功成后,姚广孝曾劝他保全方孝孺的性命,说:"杀孝孺,天下读书种子绝矣。"然而方孝孺仍然因为拒绝为朱棣撰写即位诏书而被诛灭十族。谭嗣同诗中的"读书种子",不仅是指文化传承意义上的读书人,更是指像方孝孺这样具有刚直秉性的有志之士。

答他说:"你如今能和李膺、杜密这样的忠臣齐名,已经没有遗憾。既有了忠义的嘉名,难道还能兼得长寿吗?"范滂跪拜受教,最后以三十三岁的年纪死在狱中。他的经历与谭嗣同何其相似——在那个腥风血雨的年代,英名与求生的确是不可兼得的。谭嗣同并不畏惧死,他只希望自己的死能够有价值,他在诗中写道:"亦知百年内,此生无久理。犹冀及百年,虽死如不死。"(《湘痕词》其一)

能够"虽死如不死",正是所谓英烈千古、浩气长存,谭嗣同很早就将自己的生命投入救国的事业里,他虽年轻,却常恐时不我待、岁月无多,因为他知道自己的国家早已落后于世界大潮,若不及早唤醒国人、奋起直追,则永远没有扭转乾坤的一日。这种紧迫感和责任感,时常体现在谭嗣同的诗作里。在除夕夜,他尤感时光催逼,深恐自己碌碌无为:"我辈虫吟真碌碌,高歌《商颂》彼何人。十年醉梦天难醒,一寸芳心镜不尘。挥洒琴尊辞旧岁,安排险阻著孤身。乾坤剑气双龙啸,唤起幽潜共好春。"(《和仙槎除夕感怀》其二)而每当念及国事艰难,他夜不成寐:"苦月霜林微有阴,灯寒欲雪夜钟深。此时危坐管宁榻,抱膝乃为《梁父吟》^{2}。斗酒纵横天下事,名山风雨百年心。摊书兀兀了无睡,起听五更孤角沉。"(《夜成》)

谭嗣同早已以身许国,他把救国的希望全部寄托在维新一役。因此当慈禧一党密谋政变的消息传出,谭嗣同也从未考虑过自己逃生,而是试图做最后的拼搏,寄希

---

2 "管宁榻"典故见于《三国志·魏书·管宁传》裴松之注引皇甫谧《高士传》:"管宁自越海及归,常坐一木榻,积五十余年,未尝箕股,其榻上当膝处皆穿。""箕股"指箕踞而坐(被视为轻慢失礼的坐姿),而跪坐才是严整端正的坐姿,可见管宁对自己道德要求之高。《梁父吟》据称是诸葛亮隐居南阳时常吟唱的歌曲。两处典故均表露出作者虽然不在庙堂之上,仍然严谨自律、心怀天下的抱负。

望于手握重兵的袁世凯，请求他支持变法，杀荣禄，囚慈禧，不想袁世凯先是满口应承，转头却向荣禄告密。谭嗣同被捕下狱，他在监狱斑驳的墙上题下一首著名的绝笔诗：

> 望门投止思张俭，忍死须臾待杜根。
> 我自横刀向天笑，去留肝胆两昆仑。
> 《狱中题壁》

"视死如归"对于谭嗣同而言，从不是一句空话。事实上，谭嗣同很小就在鬼门关上走过一回，他在童年时感染白喉病，昏死三日才又苏醒，父亲因此给他取字"复生"。大概从此以后，他的生命便带上了一种悲壮感，谭嗣同写过一句诗："小时不识死，谓是远行游。"（《湘痕词》其四）而自从投身维新变法，他秉性中的壮怀激烈便升华成救国的神圣感，面对死亡，谭嗣同不但处之泰然，更像是得到了期待已久的归宿，因此才会在屠刀之前含笑高呼："有心杀贼，无力回天。死得其所，快哉快哉！"

谭嗣同慷慨赴死、豪气干云，而与他同时罹难的刘光第则是另一种性情。政变之后，刘光第同样选择以死殉国，但他想要一个清清白白的死。当监斩官宣告他的死期，刘光第冷静地质问道："未讯而诛，何哉？"（梁启超《刘光第传》）他知道，不加审判就急于杀害维新志士，正是当权者心虚气短、色厉内荏的表现。监斩官果然无言以对，只是喝令他下跪听旨。刘光第大声质询说："按照祖制，即使是鸡鸣狗盗之徒，临刑喊冤，也应当予以复讯。吾辈纵然死不足惜，却是置国体于何地？"当时的刘光第虽是一名阶下囚，面对强权暴政却义正词严，一派浩然正气。他并不怕死，只恨胸中多少救国的谋略还未付诸实践，就这样不明不白地死去。刘光第生前的诗作里，曾有一首《梦中》：

梦中失叫惊妻子，横海楼船战广州。
五色花旗犹照眼，一灯红穗正垂头。
宗臣有说持边衅，寒女何心泣国仇？
自笑书生最迂阔，壮心飞到海南陬。

这首诗写于1885年中法战争之后。在他的梦寐之中，南海战场上的惨败景象尚历历在目，多少朝廷大员束手无策，而乡野间的匹夫匹妇，却为国家的命运悲愤泣下。刘光第是一介书生，手下并无一兵一卒，他掷笔长叹，心思却早已飞到南海的战场上，意欲和来犯之敌拼死一搏，"横海断长鲸"。可叹的是，当刘光第果真登上了变法的舞台，意欲一展救国夙愿时，却转眼被强大而顽固的旧势力压制了，中国走向现代的一丝熹微曙光，也被菜市口刑场的血色所笼罩。但是，刽子手们虽然手执钢刀、杀人如麻，却始终挡不住历史的车轮滚滚向前，他们砍下了"戊戌六君子"的头颅，只能使他们在历史上的身影越发高大伟岸。

明月何时照我还

故园之思

汉代乐府诗中有一首极为动人："悲歌可以当泣，远望可以当归。思念故乡，郁郁累累。欲归家无人，欲渡河无船。心思不能言，肠中车轮转。"（《悲歌》）我们不知道作者当时的处境，只知道或因兵燹，或因路途遥远，他滞留异乡不得归去，心中焦灼地渴望着故土和家人。虽然身不由己，但他心中思绪还可以凌越时空的局限，就像《诗经》里所说的"谁谓河广？一苇杭之。谁谓宋远？跂予望之"。悲歌远望是迫不得已，但也是天涯游子们唯一的慰藉。思乡的情绪既普遍又复杂，它可以跨越身份地位的鸿沟而引起普遍的共鸣，也会因为人们实际境遇的差异而产生变奏。

古人安土重迁，很多的平民百姓，很可能一辈子都不会离开家乡，他们童年在家乡的泥土地里嬉戏，长大了在土地上耕作，死后又安葬在这里的地下。他们就像生长在土地里的植物，在土里生根发芽，最终又会化作春泥，回报生养他们的土地。但也有的人会离开：读书人为了挣得金榜题名，收拾起不免有些简陋的行囊上京赶考，期待有一天"朝为田舍郎，暮登天子堂"（高明《琵琶记》）；而商人则更居无定所一些，为了外面的生意，也顾不得妻子抱怨他"重利轻别离"；对于从军的人，更加是"万里赴戎机，关山度若飞"（《木兰辞》）。他们可能走过各种高山大河，历经了各种繁荣富贵，但他们仍然怀念故乡里平淡无奇的一切。唐代贺知章在《回乡偶书》中写道："离别家乡岁月多，近来人事半消磨。唯有门前镜湖水，春风不改旧时波。"那里的乡音，那里的口味，以至于阡陌桑榆、牛羊鸡犬，都在记忆中保持着温暖的旧貌，一成不变地等候他们归去。

就拿柳永来说，他常年留寓苏杭，每日听歌买笑，自称"奉旨填词"，在烟花巷陌与众多歌妓恋爱，日子虽然快活浪漫，也难免偶有曲终人散之时，而在盛筵难继之感，意转萧索，遂起故园之思：

别岸扁舟三两只。葭苇萧萧风淅淅。沙汀宿雁破烟飞，溪桥残月和霜白。渐渐分曙色。路遥山远多行役。往来人，只轮双桨，尽是利名客。　一望乡关烟水隔。转觉归心生羽翼。愁云恨雨两牵萦，新春残腊相催逼。岁华都瞬息。浪萍风梗诚何益。归去来，玉楼深处，有个人相忆。

《归朝欢》

眼前的生活，无论怎样灯红酒绿，毕竟是过眼繁华。来往人人，"尽是利名客"，柳永自己，不也是屡试不第，才到这温柔乡里寻求安慰的吗？可是，荣华富贵虽好，却不是久长之物，高门巨富之家宾客如云，倘若他们的荣华一朝散尽，那些来往攀附的人恐怕也会像浮云一样散去。柳永出身世宦之家，又在科场浮沉多年，怎能不知其中的冷暖？他的眼前虽然是珠围翠绕，但这些美丽的歌姬舞女，也会转头就登上别人的筵席。眼前的一切都是短暂的，就像是浪里浮萍、风中线梗，于是"转觉归心生羽翼"。相比于酒席上的虚情假意，也许家乡还保留着最后的真淳："归去来，玉楼深处，有个人相忆。"

即使是柳永这样的"浪子"，也会因为漂泊而感到倦怠，"愁云恨雨两牵萦"，萧疏寂寞之下，思念起故乡的玉人。这样的情感，他在另一首著名的《八声甘州》词里也叹息过："不忍登高临远，望故乡渺邈，归思难收。叹年来踪迹，何事苦淹留？想佳人，妆楼颙望，误几回，天际识归舟。争知我，倚栏杆处，正恁凝愁！"

柳永实在是个充满矛盾的人，他离家后长年居住在都市，事实上再也没有回到故乡，却写了如许情真意切的思乡之词。这是一种值得玩味的心情，大多数来到都市的外乡人，即使在都市生活多年，仍然很难把繁华的都市当成自己的"家"。那个真正令他们拥有归属感、感到安全和温暖的地方,似乎一直是山水迢迢的故乡田园。逢年过节,连柳永这样风流不羁的人,也颇感"新春残腊相催逼"。在这一点上,现代人要幸运一些:尽管归途艰辛,却归程短暂,甚至可以朝发夕至,使得人们甘愿风雨兼程赶回家乡的饭桌旁吃上一顿团圆饭。相比于只能伫立玉阶、仰望"宿鸟归飞急"的古人,实在是多了太多的安慰。

除夕夜仍滞留在外的人,孤身面对屋外万家灯火,怎能不感到思乡的苦味,就像高适《除夜作》写的那样:"旅馆寒灯独不眠,客心何事转凄然?故乡今夜思千里,霜鬓明朝又一年。"故乡的人家已经是新桃换旧符,散发着融融的春意,而自己的家里呢?也许白发老母还在灯前叹息,妻子早早做好的新衣只能寂寞地搁置着,怎知家里人思念的远行人,也是同样地思念着他们呢?白居易在一个冬至的夜里写过这样的诗:

> 邯郸驿里逢冬至,抱膝灯前影伴身。
> 想得家中夜深坐,还应说着远行人。
>
> 《邯郸冬至夜思家》

唐朝的冬至就像今天的除夕一样隆重,朝廷里放假,民间亲朋互赠饮食,人们穿上新做的衣服。这个时候,白居易却在邯郸的一个客店里抱膝枯坐,只有油灯下摇曳的影子为伴,如何不感到孤单寂寥?遥远的故乡亲人也相聚着度过佳节,众人皆至,唯独少他一个,大概也会觉得心里缺了一点什么。这种情感，跟王维那首著名的诗很是相似："独在异乡为异客，每逢佳节倍思亲。遥知兄弟登高处，遍插茱萸少一人。"（《九月九日忆山东兄弟》）

　　的确，相比于官场上的尔虞我诈、商场上的锱铢必较，甚至沙场上的你死我活，故乡的亲人显得实在太可爱了。西晋的张翰本是齐王司马冏麾下的东曹掾，他见到洛阳秋风起，思念起故乡的莼菜羹、鲈鱼脍，就唱着"秋风起兮木叶飞，吴江水兮鲈正肥。三千里兮家未归，恨难禁兮仰天悲"（《思吴江歌》），潇洒地回乡去了。当时的人或是笑他疯癫，或是赞他有名士之风，没过多久，司马冏兵败的消息传来，人们才惊叹张翰的先见之明。其实，张翰倒未必真的有什么"先见之明"，伴君如伴虎的道理，有几个人不懂呢？只是人们往往被富贵所迷，早就忘记了故乡莼鲈的滋味。就像秦朝的宰相李斯，虽然劳苦功高、机警一世，晚年也不免受赵高威逼利诱，与其一同伪造秦始皇的遗嘱，结果却反受其害，落得个腰斩于咸阳闹市的结局。临刑前，他对自己的儿子叹息说，想再和儿子一起牵着黄犬出上蔡，到东门外去追野兔。这样简单的愿望，难道还能再实现吗？

　　李斯生前权倾天下，临终前才感到平凡日子的珍稀，"做不得醉陶潜霜篱酒卮，拼则个笑东门黄犬难携"（陈汝元《金莲记·廷谳》）。滚滚红尘之中，世人多能"入乎其内"，却鲜能"出乎其外"，事到临头，只能悔恨自己抽身退步太晚。官居庙堂的李斯，有时候未必比满足于天伦之乐的乡下野老更加睿智。

　　大概，人们喜爱花木兰也有这个原因。《木兰辞》里说，她百战归来，在天子"策勋十二转，赏赐百千强"的荣耀时刻，还能勇敢地说出自己的心里话："木兰不用尚书郎，愿驰千里足，送儿还故乡。"粗浅地看，也许木兰是因为自己的女儿身，才不得不谢绝这份犒赏，但读到她回到家乡，"爷娘闻女来，出郭相扶将。阿姊闻妹来，当户理红妆。小弟闻姊来，磨刀霍霍向猪羊"，谁能不感到一阵流淌涌动的暖意？想当年，她敢于做出那样惊世骇俗的决定，女扮男装，深入险境，正是为了家中老父的安危，而今，她又为了感受家的温暖而回到父母身边，辞去高官厚禄也不感到遗憾，这便是一种"圆满"。现代剧作家欧阳予倩写《木兰从军》，赞美她道："不求图画凌烟阁[1]，只为家邦致太平。"这个结局比起"出将入相"的俗套，实在是高明太多。

不过，这种完美的结局也许只存在于传说故事之中，我们想起另一位传奇女子蔡文姬，她因为生于汉末乱世，不得不在家国的双重悲剧下挣扎求生，一生遭遇之艰难，令人闻之泣下。蔡文姬的父亲蔡邕才华横溢，蔡文姬得到父亲的言传身教，从小便流露出聪慧的禀赋。传说有一次，蔡邕静夜抚琴，九岁的蔡文姬在房间里听。突然间，一根琴弦崩断了，蔡文姬对门外的父亲说："断的是第二根弦吧？"蔡邕感到很惊奇，又有些不敢相信，他故意又拨断一根琴弦，蔡文姬说："这回断的是第四根。"回答得丝毫不差，蔡邕这才叹服女儿的聪敏。

蔡邕十分看重这个天资过人的女儿，一般人家只让女儿学习针线女工，蔡邕却十分开明，他将家中四千多卷典籍藏书悉数传授给女儿，让蔡文姬熟

---

[1] 唐太宗曾命画家阎立本在凌烟阁为二十四功臣画像，"凌烟阁"从此成为功勋卓著、名垂青史的象征。

读记诵。根据《后汉书·列女传》的记载，后来经历几十年的变乱，蔡家藏书散失殆尽，蔡文姬自匈奴之地返家后，竟然还能亲笔默写出其中的四百多卷，而且记忆准确，分毫不差，这无疑与她早年的家庭教育息息相关。少年蔡文姬可谓幸福，只可惜好景不长，这个温馨且有着浓厚文化氛围的家庭却遭到飞来横祸——蔡邕因为得到董卓的器重，在董卓死后被王允投下大牢。蔡邕上书王允，表示甘愿接受"黥首刖足"的刑罚，只求王允留他性命，让他继续编写汉史。但王允害怕蔡邕在史书里毁谤自己，下令将他处死。可叹一代文豪，就这样在狱中死于非命。

蔡文姬失去了一家之长的庇护，匈奴又趁着关中大乱，南下掳掠，蔡文姬被骑兵劫走，成了匈奴左贤王的妃子，从此远离故土十二年，还为左贤王生下了两个儿子。蔡文姬在她的《悲愤诗》中倾吐了她的血泪：在她被掳掠的途中，目睹了"马边悬男头，马后载妇女"的惨剧。国家颠覆，人命犹如草芥。蔡文姬本是贵族女子，一朝沦落为奴，求生不得，求死不能："岂敢惜性命，不堪其詈骂。或便加棰杖，毒痛参并下。旦则号泣行，夜则悲吟坐。欲死不能得，欲生无一可。彼苍者何辜？乃遭此厄祸。"

在蔡文姬的另一名作《胡笳十八拍》里面，她倾吐了自己国破家亡的悲哀："无日无夜兮不思我乡土，禀气含生兮莫过我最苦。天灾国乱兮人无主，惟我薄命兮没戎虏。殊俗心异兮身难处，嗜欲不同兮谁可与语？"她想缓解思乡之苦，也因为语言习俗的差异而倾诉无门，原本一个能诗善赋的才女，就在这种近乎失语的状态下度过了苦闷的十二年。"感时念父母，哀叹无穷已。"想起少年时与父母在一起的快乐生活，真是恍如

家国情怀　明月何时照我还

67

〔宋〕佚名　《文姬图》

隔世。

　　当她渐渐习惯了胡地的生活，突然又得到了中原汉使的消息——建安十一年（206），曹操已攻灭袁氏，平定了北方。这时，他想起昔日好友蔡邕一家的不幸，于是派使臣送来黄金千两、白璧一双，提出要赎回蔡文姬。在塞外生活了十二年的蔡文姬终于得到了回归故土的机会，但这样一来，她又不得不和自己的两个孩子永远分离。这个两难的抉择令蔡文姬痛不欲生，她在《悲愤诗》中写道："己得自解免，当复弃儿子。天属缀人心，念别无会期。存亡永乖隔，不忍与之辞。儿前抱我颈，问母'欲何之？人言母当去，岂复有还时？阿母常仁恻，今何更不慈？我尚未成人，奈何不顾思！'见此崩五内，恍惚生狂痴。号泣手抚摩，当发复回疑。兼有同时辈，相送告离别。慕我独得归，哀叫声摧裂。马为立踟蹰，车为不转辙。观者皆歔欷，行路亦呜咽。去去割情恋，遄征日遐迈。悠悠三千里，何时复交会？念我出腹子，胸臆为摧败。"

　　两个年幼的孩子还不懂事，抱着蔡文姬的脖子问："母亲要上哪里去？"蔡文姬不忍心回答，旁人告诉两个孩子："你们的母亲要走了，从此再也不会回来。"孩子们哭成泪人，不敢相信慈爱的母亲会抛下他们离去。蔡文姬看见此情此景，伤心得五内俱崩，抱着两个孩子大哭，使臣催促她上路，她还犹疑着不忍动身。当年那些一起被掳掠的中原女子，却无比羡慕蔡文姬，她们只怕今生都没有回家的希望了。这些中原女子在使臣的车马前哭成一片，这等伤心的场景，连过往的行人也为之唏嘘哽咽。

　　蔡文姬一路走，一路惦记永别的孩子，不由得心痛如割。等她回到旧居，家中经过数十年战火的洗劫，早已空无一人："既至家人尽，又复无中外。城郭为山林，庭宇生荆艾。白骨不知谁，纵横莫覆盖。出门无人声，豺狼号且吠。"

曹操痛惜故人蔡邕的不幸，又同情蔡文姬，爱惜她的才华，希望给她一个安稳的归宿，因此将她许配给同乡的董祀。蔡文姬遭遇过这么多次家亡人散的悲剧，对于命运怀有深深的恐惧，即使组成了新的家庭，也常常担忧自己被丈夫轻视抛弃："托命于新人，竭心自勖厉。流离成鄙贱，常恐复捐废。人生几何时，怀忧终年岁！"不幸的是，董祀后来犯了罪，按律当斩，蔡文姬眼见自己的新家又要毁灭，不由得心急如焚。她冒着严寒大雪，散着头发光着脚向曹操请罪。曹操见她"音辞清辩，旨甚酸哀"（范晔《后汉书》），十分同情，但还有些犹豫，他说："判决的状子已经发下去了，要怎么收回呢？"蔡文姬一再恳求道："丞相麾下有骏马千万，勇士成林，何惜差遣一匹快马去追回文书，挽回一条性命呢？"曹操拗不过她，只好派人快马加鞭，赦免了董祀的死罪。

也许蔡文姬的前半生失去了太多家庭的温暖，此时才格外奋不顾身，像一只雌鹊拼死保护自己的小巢一样，抛下了一切"大家闺秀"的矜持体面，去为她的丈夫苦苦哀求。蔡文姬的前半生可谓"蚌病成珠"，她坚忍地承受了家国的双重劫难，以感人泣下的《悲愤诗》《胡笳十八拍》垂名于史册，范晔在《后汉书》中赞美她"端操有踪，幽闲有容。区明风烈，昭我管彤"。在救出丈夫董祀之后，蔡文姬的生平再不见于史籍，作为读者也只能寄托于想象，但愿有了丞相的庇护、家庭的慰藉，她的灾难能够从此画上句号，去享受迟来的幸福安宁，抚平前半生留下的累累伤痕。

父母的亲情，家园的庇护，往往是一个人出生以后最先得到的温暖，即使日后离乡万里，人海浮沉，这种温情仍然是他们内心力量的源头。在儒家理想的大同社会里，"人不独亲其亲，不独子其子"。所谓的理想社会，不过是人人把彼此当作亲人一样关爱，而那些为民请命的良臣、保家卫国的良将，也不过是把整个国家的生民当作了自己的兄弟姐妹一般去爱护。正因如此，今天被我们称为"爱国诗人"的先贤，对于家乡父老、父母亲朋也往往有一种深情眷恋。

杜甫一生以天下苍生为怀，却不妨他爱子心切、伉俪情深。杜甫的妻子杨氏是司农少卿杨怡之女，与出身仕宦之家的杜甫算是门当户对。和我们想象中的高门望族不同，杜甫夫妻二人的生活磨难颇多。杜甫早年奔波，求仕之途曲折不顺，中年更遇到安史之乱，常与妻子分隔两地不得相见，一家老小、柴米油盐，全要仰赖妻子杨氏一手照料、操持："世乱怜渠小，家贫仰母慈。"（《遣兴》）杜甫对妻子的辛勤付出始终怀有尊敬和感激之情。贫寒的生活没有使他们成为怨偶，他们在艰难时势之下相濡以沫，彼此的感情越发坚贞。不论聚散，他们两人的心始终紧紧地联系在一起。

杜甫在前半生与妻子聚少离多，写下过不少思念妻子的名篇，例如《客夜》："客睡何曾著？秋天不肯明。卷帘残月影，高枕远江声。计拙无衣食，途穷仗友生。老妻书数纸，应悉未归情。"杜甫在流寓长安的岁月里，时常惦记家中的妻子，为自己衣食无着、无计归乡的窘境感到歉疚。安史之乱爆发，杜甫把家搬到鄜州羌村避难，自己只身北上，投奔新即位的唐肃宗。在途中,他被叛军俘虏,押解到已经沦陷的长安。他与妻子被乱兵分隔在长安和鄜州两地,只能仰望中天月色,彼此思念。杜甫提笔写下了著名的《月夜》:

今夜鄜州月,闺中只独看。
遥怜小儿女,未解忆长安。
香雾云鬟湿,清辉玉臂寒。
何时倚虚幌,双照泪痕干。[2]

在这段聚少离多的日子里,杜甫无数次徘徊在静夜的月色之下,思念着家里的妻子。至德二载(757)的寒食节,杜甫写了一首《一百五日夜对月》:"无家对寒食,有泪如金波。斫却月中桂,清光应更多。仳离放红蕊,想像颦青蛾。牛女漫愁思,秋期犹渡河。"他仰望空中明月,看到月中似乎有些阴影——人们说,那是月宫中桂树的影子。杜甫心中不免有些怨恨:他和妻子分隔两地,音信不通,唯一能寄托思念的就是仰看明月,想象着妻子也在共看着一轮清辉,但这月色却被桂树的影子遮蔽了,如果可以的话,他真想砍去那棵恼人的桂花树,让月色流泻下更多的清光。天上的牛郎织女虽然被银河阻隔,每年到了七夕也还能踏上鹊桥相会,但人间的烽火刀兵却要到哪一年才能停歇

---

[2] 古人也曾从此诗中看出杜甫与家人的感情——刘后村《诗话》中记载,陈伯霆读杜甫《北征》诗,看到"粉黛亦解苞""狼藉画眉阔"等句,说杜甫善于戏谑,连自己的妻女也不放过。而刘后村则回答说:"公知其一耳。如《月夜》诗云:'香雾云鬟湿,清辉玉臂寒。'则闺中之发肤,云浓玉洁可见。"又说:"'何时倚虚幌,双照泪痕干。'其笃于伉俪如此。"(参见仇兆鳌《杜诗详注》,中华书局1979年版)

呢？他和妻子天各一方，不知何时才能重逢。

等到杜甫九死一生地归来，夫妻重逢的一刻真是悲喜交集："经年至茅屋，妻子衣百结。恸哭松声回，悲泉共幽咽。"（《北征》）"妻孥怪我在，惊定还拭泪。……夜阑更秉烛，相对如梦寐。"（《羌村》其一）杜甫为了国事而奔波，家中的妻子则一面为他的安危担惊受怕，一面忍受着战时的物质贫乏，艰难地操持着一家人的柴米油盐。对此，杜甫一直感到自责："何日干戈尽，飘飘愧老妻。"（《自阆州领妻子却赴蜀山行》其二）

后来，杜甫带着全家由陇入蜀，在蜀道上艰难地跋涉，看到妻子儿女的艰辛，又感到愧疚："叹息谓妻子，我何随汝曹。"（《飞仙阁》）杜甫之所以不顾艰难危险，为国家奔走先后，既是为了苍生社稷，也是为了给妻小带去一片和平的天空。无论遭遇多少艰难，杜甫对爱妻和孺子的感情始终是那么执着。生逢乱世，只要一家能够平安团聚，就已经十分满足，物质的贫穷反倒显得没那么难熬。

杜甫也为幼子写过不少诗句："骥子好男儿，前年学语时。问知人客姓，诵得老夫诗。"（《遣兴》）诗中舐犊之情溢于言表，在慈父的眼里，孩子的一言一笑都是那么可喜：客人来了，他能记得行礼招呼，还能记得父亲的诗，咿咿呀呀地背诵。有这样聪慧伶俐的孩子，让饱经磨难的杜甫得到了很大的安慰。即使到了暮年，杜甫回忆起孩子的童稚时分，仍然记得当年的艰难和喜悦："汝啼吾手战，吾笑汝身长。"（《元日示宗武》）

妻子儿女分担了杜甫在穷途中的艰辛，也分享了他的幸福。"老妻画纸为棋局，稚子敲针作钓钩。"（《江村》）"昼引老妻乘小艇，晴看稚子浴清江。"(《进艇》)"仆夫穿竹语,稚子入云呼。……真供一笑乐,似欲慰穷途。"(《自阆州领妻子却赴蜀山行》其三)他们在四川的生活也还不富裕,却分外享受难得的团圆安宁,一家人聚在一起,画纸下棋、敲针钓鱼、划船游泳,其乐融融。即使年老多病,一家人也相互扶持关照、嘘寒问暖,"老妻忧坐痹,幼女问头风"(《遣闷奉呈严公二十韵》),使得艰难时分也不失温暖慰藉。

至于万里之外的家乡京洛,杜甫也时常惦记在心头,他在那里留下过许多生活记忆。童年时候,杜甫过得轻松快乐,他聪颖好学:"七龄思即壮,开口咏凤凰。九龄书大字,有作成一囊。"(《壮游》)同时也有活泼淘气的一面:"忆年十五心尚孩,健如黄犊走复来。庭前八月梨枣熟,一日上树能千回。"(《百忧集行》)等他成年后,就已经将家乡一带的山川古迹、园林庙宇都游历了一遍。杜甫对于家乡的节物风光非常熟悉:"阴壑生虚籁,月林散清影。天阙象纬逼,云卧衣裳冷。"(《游龙门奉先寺》)"碧瓦初寒外,金茎一气旁。山河扶绣户,日月近雕梁。"(《冬日洛城北谒玄元皇帝庙》)"龙门横野断,驿树出城来。气色皇居近,金银佛寺开。"(《龙门》)这一段壮游岁月,使得杜甫领略了盛唐以来的开阔气度,他对家国壮丽山川的挚爱之情也越加浓厚。

然而这些美好的记忆,却随着时间的推移离他越来越远。中年以后,杜甫或是迫于衣食战乱而四处迁徙,不但要忍受饥寒跋涉之苦,还有沉重的乡思压在心头:"贫病转零落,故乡不可思。常恐死道路,永为高人嗤。"(《赤谷》)故乡和亲人一直萦绕在他的梦魂里:"海内风尘诸弟隔,天涯涕泪一身遥。"(《野望》)"露从今夜白,月是故乡明。"(《月夜忆舍弟》)"亲朋无一字,老病有孤舟。"(《登岳阳楼》)"风月自清夜,江山非故园。"(《日暮》)"万里悲秋常作客,百年多病独登台。"(《登高》)因为远离家乡,异地的风物在他看来都染上了凄凉的色彩,只有万里之外的故乡,才有着人间最明亮的月色。即使他定居成都草堂,生活安定下来,也从未忘却久经丧乱的家乡和亲人:"故乡有弟妹,流落随丘墟。成都万事好,岂若归吾庐?"(《五盘》)这种心情,和王粲的《登楼赋》共通:"虽信美而非吾土兮,曾何足以少留。"³ 这种对于家乡和家人的爱,也是杜甫对于更广泛的苍生百姓之爱的起点。他对故乡和亲人的感情这样深厚,却时常不得不忍痛离开他们,去为国家的危难而奔走先后。而杜诗的伟大之处,正是在于能突破一己的小格局,从爱故乡亲人推及爱家国百姓,去为天下苍生谋求福祉。

鲁迅说过"无情未必真豪杰,怜子如何不丈夫"(《答客诮》),那些壮怀激烈、会为家国怒发冲冠的英雄豪杰,在描写亲人故乡的诗句里常常展现出另一种柔情。拿陆游的诗作来说,给人印象最深的大概有两点:一则是对于沦落敌手的故国,陆游始终怀有光复的夙愿;二则是对于仳离的前妻唐琬,他也有着终生不忘的深情。实际上,这两种感情有着内在的共通,正如叶嘉莹所说,陆游是一位有"真性情"的诗人,其感情

3 王粲《登楼赋》亦作于乱世,当时董卓、李傕、郭汜等作乱于长安,作者为避战乱而投靠刘表,客居荆州。赋中一方面流露了思归恋乡之心:"路逶迤而修迥兮,川既漾而济深。悲旧乡之壅隔兮,涕横坠而弗禁。昔尼父之在陈兮,有归欤之叹音。钟仪幽而楚奏兮,庄舄显而越吟。人情同于怀土兮,岂穷达而异心。"另一方面也传达了对战争丧乱的厌恶、对太平治世的渴望:"惟日月之逾迈兮,俟河清其未极。冀王道之一平兮,假高衢而骋力。"与杜甫当时的处境和心情颇多相似。

家国情怀　明月何时照我还

郑午昌　《杜甫诗意图》

专一深挚，无论是对国家的许身，或是对前妻的悼念，都是至死不渝的。

陆游平生楼船夜雪、铁马秋风，青年时在战场杀敌，到八十多岁的高龄也还激昂愤慨，唯有面对与唐琬的爱情悲剧时才显露出英雄气短。他们本是一对情深意笃的神仙眷侣，却因为唐琬不能被陆母相容，一对佳偶被活生生拆散。这件事成了陆游永久的创痛。他们分别再婚之后，有一次在沈园偶遇，陆游见到心上人，万般心事涌上心头，却终究不能挽回过去，一腔痛悔写成那首著名的《钗头凤》：

红酥手，黄縢酒，满城春色宫墙柳。东风恶，欢情薄。一怀愁绪，几年离索。错，错，错！　春如旧，人空瘦，泪痕红浥鲛绡透。桃花落，闲池阁。山盟虽在，锦书难托。莫，莫，莫！

唐琬读了，不禁黯然神伤，她也提笔和了一首《钗头凤》：

世情薄，人情恶，雨送黄昏花易落。晓风干，泪痕残。欲笺心事，独语斜阑。难，难，难！　人成各，今非昨，病魂常似秋千索。角声寒，夜阑珊。怕人寻问，咽泪装欢。瞒，瞒，瞒！

这次沈园重逢不久，唐琬就因哀伤过度，郁郁而终，而陆游也敌不过时光磨洗，逐渐成了皤然老翁，但是，他始终无法忘怀青年时代的这段旧情："梦断香消四十年，沈园柳老不吹绵。"（《沈园》）虽然沉痛，却无可诉说，

〔宋〕陆游自书 《钗头凤》石刻

"灯暗无人说断肠",打落牙齿和血吞,英雄的气短情长,尤其使人难过。陆游在余生之内写了许多哀念唐琬的诗,直到去世前一年,仍然"也信美人终作土,不堪幽梦太匆匆"(《春游》)。这样的深情和执着,正是陆游的一种气质秉性,一如他临终前仍不忘杀敌报国、统一中原的雄心壮志。

大概也是由于他的专情,陆游对于续娶的妻子王氏似乎不再有对唐琬一样热烈的爱情,然而一茶一饭、一衣一被之间,他们在平淡的岁月里也积累下了亲情的牵绊:

明日当北征,竟夕起复眠。
悲虫号我傍,青灯照我前。
妇忧衣裳薄,纫线重敷绵。
儿为检药笼,桂姜手炮煎。
墩堠默可数,一念已酸然。
使忧能伤人,我得复长年。
同生天壤间,人谁无一廛。
伤哉独何辜,皇皇长可怜。
破屋不得住,风雨走道边。
呼天得闻否,赋与何其偏。

《离家示妻子》

这首诗写于乾道八年(1172),陆游第二天就要前往南郑,投身军旅,能够亲往抗金前线,固然是他梦寐以求的机遇,但在家中面对妻儿,陆游的心情也有一些复杂。沙场无情,妻子儿子何尝不担忧他此去的命运?但他们都没有多言劝阻,只是默默地为他准备行囊:妻子王氏担心北方天气寒冷,把他的棉衣拆开,絮了再絮;儿子在慢火上炮制的干姜桂皮,也都是温热祛寒之药。常人见此,大概免不了贪恋家的温暖,动摇投军的心思,但陆游并没有这样想,他知道,自己这一屋虽然温暖,但屋外的世界还布满了堡垒和烽燧,同样是生长在天地之间的生灵,又有几个能像他一样幸运?许多人在战争和流浪中死去,即便苟全性命,境遇之凄惨也可想而知:"破屋不得住,风雨走道边。"(《离家示妻子》)陆游感慨苍天造物的不公平,为无辜平民的命运叹息,因此绝不愿意贪安苟且。为了外面的人民也能过上一样安宁的日子,他才义无反顾地踏出家门,一头扑到严酷的风霜雨雪中去。

和杜甫相仿,陆游也生活在一个乱世,他与家人相依为命的深情,也常常见于诸诗篇。对于儿孙晚辈,陆游寄予了很深的期望,也在诗中写下了许多谆谆劝导,它们在今天也还被当作教育子弟的箴言。他教给孩子读书的方法:"古人学问无遗力,少壮工夫老始成。纸上得来终觉浅,绝知此事要躬行。"(《冬夜读书示子聿》)"文能换骨余无法,学但穷源自不疑。"(《示儿》)他也教孩子们作诗:"汝果欲学诗,工夫在诗外。"(《示子遹》)他还教孩子们如何做人,要求他们见贤思齐、勤俭朴素:"闻义贵能徙,见贤思与齐。食尝甘脱粟,起不待鸣鸡。萧索园官菜,酸寒太学齑。时时语儿子,未用厌锄犁。"(《示儿》)"燕居侍立出扶行,见汝成童我眼明。但使乡闾称善士,布衣未必愧公卿。"(《示元礼》)

当目睹孩子们日益长进,听见他们的琅琅书声,陆游喜不自胜:"吾儿从旁论治乱,每使老子喜欲狂。不须饮酒径自醉,取书相和声琅琅。"(《示儿》)陆游希望孩子们养成品格学识,却不是为了让他们以此求取功名利禄,他告诫孩子们,只要做一个善良的人,就可以无愧于心:"果能称善人,便可老乡里。勿言五鼎养,肉食吾所鄙。"(《示儿》)他深知,有再高的官爵、再多的家产,也无法换取温暖的亲情:"一床共置朝回笏,百屋常堆用剩钱。何似吾家好儿子,吟哦相伴短檠前。"(《喜小儿病愈》其二)

因此,当二儿子陆子龙出外为官,陆游依依难舍,他写了一篇长诗《送子龙赴吉州掾》相送,诗中不仅有身为长辈的劝导,更多的是一个老父亲对儿子远行的担忧:"我老汝远行,知汝非得已。驾言当送汝,挥涕不能止。人谁乐离别,坐贫至于此。"

陆游一生宦海沉浮,此时早已看得透彻:比起天伦团聚的喜悦,官场的功名又有什么值得贪恋的?儿子赴任路上,免不了翻山越岭、涉江渡海,途中的艰难令他忧心:"汝行犯胥涛,次第过彭蠡。波横吞舟鱼,林啸独脚鬼。野饭何店炊,孤棹何岸舣?"

不过,比起自然界的风波,陆游更为儿子的官场生涯而悬心。他叮嘱儿子,在地方当官,一定要清正廉明,不能向百姓索求银钱衣食,不必贪恋华服厚味。生活清苦,也无妨安贫乐道,只要自己清廉正直,就不怕别人诋毁,夜里也能睡个安稳觉:"汝为吉州吏,但饮吉州水。一钱亦分明,谁能肆谗毁?聚俸嫁阿惜,择士教元礼。我食可自营,勿用念甘旨。衣穿听露肘,履破从见指。出门虽被嘲,归舍却睡美。"

陆游还叮嘱儿子:在当地见到父亲的故友世交,则要谦恭敬重,只能问候起居,学习他们的学问和为人,不能有攀附逢迎之心。"益公名位重,凛若乔岳峙。汝以通家故,或许望燕几。得见已足荣,切勿有所启。又若杨诚斋,清介世莫比。一闻俗人言,三日归洗耳[4];汝但问起居,余事勿挂齿。希周有世好,敬叔乃乡里。岂惟能文辞,实亦坚操履。相从勉讲学,事业在积累。"

就像所有送儿远行的老父

[4] "洗耳"出自许由拒绝尧禅让的典故:许由"以清节闻于尧。尧大其志,乃遣使以符玺禅为天子。于是许由喟然叹曰:'匹夫结志,固如盘石。采山饮河,所以养性,非以求禄位也;放发优游,所以安己不惧,非以贪天下也。'……乃临河洗耳。樊坚见由方洗耳,问之:'耳有何垢乎?'由曰:'无垢,闻恶语耳。'"(汉蔡邕《琴操·河间杂歌·箕山操》)

亲一样，陆游絮絮叨叨，从衣食住行到为官做人都逐一嘱咐，唯恐儿子此行有什么疏失，但千万条为人处世的规则，归结起来也就是一句："仁义本何常，蹈之则君子。"只要有仁义之心，就足以在世上立身。写完了这些大道理，陆游说了他最后一句叮咛："汝去三年归，我傥未即死。江中有鲤鱼，频寄书一纸。"——你此去任期三年，我也许还没有这么快就死掉。鱼雁传书也好，托人带信也罢，你要多给你的老父亲写几封家书来。

陆游的孩子们没有辜负他这一番苦口婆心，他出仕的四个儿子，每一个都为官清正，有着很好的名声。其实陆游教子也绝不仅限于笔墨功夫，正如他自己说的"纸上得来终觉浅，绝知此事要躬行"《冬夜读书示子聿》，陆游自己在当官的时候，也从不为自己谋取私利："出仕三十年，不殖一金产。"（《累日多事不复能观书感叹作此诗》）他晚年被削职罢官，回到故乡山阴过起清贫的生活，鲜蔬素食，却也不改其乐。这正是陆游言传身教地给儿女们树立了榜样。

陆游被解职以后，尽管还牵挂着国家大事，但一时间也无事可为，所幸还有家乡的山水风月聊以寓目，这段闲居岁月也并不十分难熬。他在自家庭院里种菜浇花，偶尔读书饮酒，也只是随兴所至，并不过量。在当地百姓看来，晚年的陆游就是一个平和可亲的老人，他完全没有一点在朝为官的架子，对乡亲邻里都分外关照，时常把自己的饭食衣物分送给他们："东邻稻上场，劳之以一壶；西邻女受聘，贺之以一襦。"（《晚秋农家》）"旋压麦糕邀父老，时分菜把饷比邻。"（《排闷》）家乡父老也回报以热情："莫笑农家腊酒浑，丰年留客足鸡豚。"（《游山西村》）他们不但有生活上的相互支持，还有精神上的相互交流。每当家乡父老向他请教学问，陆游都欣然前往：

> 原上一缕云，水面数点雨。
> 夹衣已觉冷，秋令遽如许。
> 行行适东村，父老可共语。
> 披衣出迎客，芋栗旋烹煮。
> 自言家近郊，生不识官府。
> 甚爱问孝书，请学公勿拒。
> 我亦为欣然，开卷发端绪。
> 讲说虽浅近，于子或有补。
> 耕荒两黄犊，庇身一茅宇。
> 勉读庶人章，淳风可还古。
>
> ——《记东村父老言》

东村父老也许未必能理解陆游的志向，但都知道他是个很有学问、很有见识的人，他们把自家种的芋头和板栗煮了招待陆游，请陆游为他们讲解《孝经》。陆游欣然应允，他就像是一个乡间的私塾先生，深入浅出地跟他们讲解书里的道理。也许东村的这些乡民并没有上过几天学，书本上的字也不认得几个，但他们向善好学的淳朴，竟有几分圣贤书里所谓"大同"的影子，陆游的理想没有在朝堂上实现，却在乡野间找到了落脚点。陆游对于乡

家国情怀　明月何时照我还

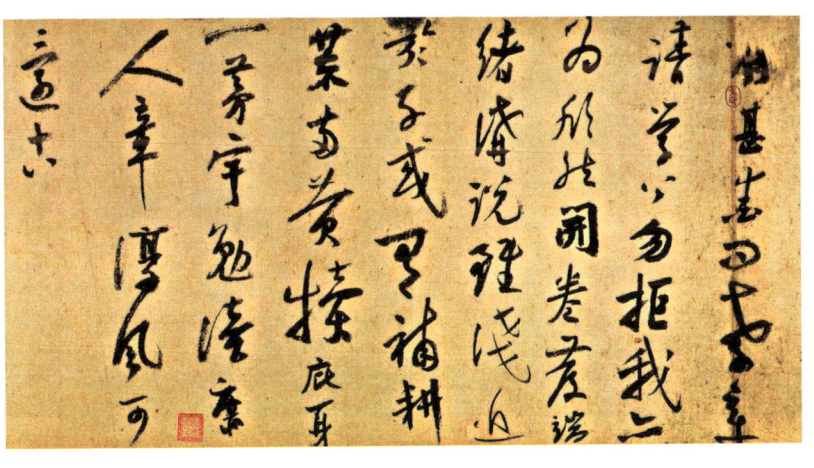

〔宋〕陆游自书《记东村父老言》

村野老们从未流露过一星半点的傲慢，相反，他发自内心地尊敬他们，钦佩他们的淳朴正直，认为这些平民百姓比朝廷大员更加忠诚厚道、适合交心："野人易与输肝肺"（《睡起至园中》），"忠言乃在里闾间"（《识愧》）。而陆游的真挚也赢得了家乡父老的敬重，当地人不拘亲疏贵贱，都愿意与他交朋友。这段时间里，故乡的温情很好地抚慰了他前半生的失意落寞，也为他的诗集增添了许多恬静淳朴的味道：

> 今日风日和，衰病亦少平。
> 出门无所之，携幼东村行。
> 吴地冬未冰，溅溅沟水声。
> 山卉与野蔓，结实丹漆并。
> 鸡犬亦萧散，如有世外情。
> 举手叩柴扉，病叟喜出迎。
> 从我语蝉联，未寒畴昔盟。
> 解囊付之药，与尔偕长生。
>
> 《东村》

陆游晚年生活简朴，即使生病也很少服用药石，不过清净休养，"久多自平"。这一天，他的病刚刚好了一些，就牵着小儿子的手到东村去散步。江浙的冬天并不十分严寒，溪流中还有溅溅的流水声，而许多山花野草，结着玲珑的果实，或红如丹砂，或黑如点漆，着实观之可喜。东村是个安静的小地方，没有多少人声车马，只有鸡犬相闻，仿佛是桃花源一般。陆游敲开一座柴门，给他抱恙的老朋友送去一些药物，朋友欢喜地走出来迎接他，热络地叙说起旧时的情谊，全然乐以忘忧，不知老之将至。为村民们治病送药，几乎成了陆游生活的一种常态，他"送药时时过邻父"（《野兴》），"叩户时闻请药人"（《戏咏闲适》）。陆游自己很少服药，却用他的医术救活过不少村民，人们感激他，经常用"陆"字给新生的婴儿取名："共说向来曾活我，生儿多以陆为名。"（《山村经行因施药》其四）

而家乡的父老见到久不露面的陆游，自然分外惊喜，他们纷纷抛下手头的活计，邀请他到家里吃一碗新掘的茈菇，喝一杯家酿的米酒：

> 野人知我出门稀，男锸钿耰女下机。
> 掘得茈菇炊正熟，一杯苦劝护寒归。
> 《东村》其一

> 野人喜我偶闲游，取酒匆匆劝小留。
> 舍后携篮挑菜甲，门前唤担买梨头。
> 《东村》其二

这诗虽写得朴实，却有一种动人的情义，究其原因，正在"真诚"二字。古代读书人想要入朝为官，谁不会说几句"忠君报国"的大道理？像杜甫、陆游这样的人，之所以至今还被当作典范，正在于他们的一片赤诚。他们的家国之思并不是口头虚言,而流露在日常的一针一线、一粥一饭中。这才是真正的儒者,就像《礼记》里说:"所谓治国必先齐其家者,其家不可教而能教人者,无之。故君子不出家而成教于国。"倘若连一己的小家庭都不能相处和睦,又怎么能匡正天下呢?对家人的爱、对故乡的爱,正是他们一生报国信念的源头。皇帝也许还会辜负他们,但家人和故乡则不会,当他们从官场里饱受了风尘霜雪,远方的家还留着一盏暖黄的油灯,永远不变地等待他们归来。

葵藿倾太阳

忠君报国

在古代中国，"君"和"国"是紧密的一体，"忠君报国"的思想牢牢地植根在人们的心里。儿童入私塾读书，堂上就供着"天地君亲师"的牌位；平头百姓看杂剧，即使不识字，也知道"学成文武艺，货与帝王家"；甚至连被官府视为"草寇"的梁山好汉，都认为自己是一片忠心："酷吏赃官都杀尽，忠心报答赵官家。"古人报国的最高形式，就是"以身许国"，他们可以将一生的心血甚至自己的性命奉献出去，去报答国君的知遇之恩，担负起国家兴亡的重任。

在"忠君报国"的典范当中，诸葛亮可以说是人们最熟悉的一个。为了报答刘备三顾之恩，他告别了隆中的闲云野鹤，用尽平生智慧为刘备的霸业出谋划策，"抛掷南阳为主忧，北征东讨尽良筹"（罗隐《筹笔驿》），奠定了"天下三分"的鼎足之势。刘备对诸葛亮十分器重，他对关羽、张飞说："孤之有孔明，犹鱼之有水也。"后人读到这段故事，无不向往这种理想的君臣关系，李白在《君道曲》里追慕道："小白鸿翼于夷吾，刘葛鱼水本无二。"春秋的齐桓公小白不记管仲的一箭之仇，视他为自己的羽翼，而刘备与诸葛亮则有"情同鱼水"的美谈。岑参晚年客居成都，也题下《先主武侯庙》："先主与武侯，相逢云雷际。感通君臣分，义激鱼水契。遗庙空萧然，英灵贯千岁。"

刘备白帝城托孤，也是三国历史上一段著名的故事。刘备在病榻前对诸葛亮说："君之才胜于曹丕十倍，一定能安邦定国，终成大事。若嗣子刘禅可以辅佐，请您辅佐他；如果他不成器，君请自行取夺。"诸葛亮痛哭流涕地回答说："臣愿竭尽股肱之力，效忠贞之节，死而后已！"经过这一次托付，诸葛亮更加兢兢业业，他先是"五月驱兵入不毛，月明泸水瘴烟高"（胡曾《咏史诗·泸水》），平定了孟获的叛乱，继而向刘禅呈上《出师表》，踏上了六出祁山、北伐中原的漫漫征途。可惜时运难测，诸葛亮的北伐大计尚未成功，就因为"食少事烦"，积劳成疾，病逝在五丈原。"长星不为英雄住，半夜流光落九垓"（胡曾《咏史诗·五丈原》），将星诸葛亮陨落之后，蜀汉的政权也就摇摇欲坠了。

尽管出师未捷身先死，后人还是永远地怀念着诸葛亮，追慕他"运筹帷

诗说中国　家国卷

〔明〕戴进 《三顾茅庐图》

幄之中，决胜千里之外"的智慧和风采，怀念他鞠躬尽瘁的一生。诸葛亮的《出师表》也成了垂范后世的名篇，南宋安子顺说："读《出师表》不哭者不忠，读《陈情表》不哭者不孝"。这话虽说得重，却并非毫无道理。诸葛亮的《出师表》不单陈述了北伐的利害关系，更将自己对蜀汉、对先主刘备的一腔忠荩之情婉转道来。诸葛亮对刘禅来说，既是辅国的重臣，更是如父兄叔伯一样的长者。他在《出师表》里逐句叮咛，事无巨细，从怎么裁夺赏罚，到如何选拔文武、察纳雅言，都一一吩咐，唯恐书之不尽，辜负了先帝的嘱托，所谓"鞠躬尽瘁，死而后已"，信非虚言。

古人读《出师表》，无不为诸葛亮的忠诚耿介、苦心孤诣所感动，很多人都作诗表达自己读《出师表》的感受，像白居易《咏史》写道："托孤既尽殷勤礼，报国还倾忠义心。前后出师遗表在，令人一览泪沾襟。"元稹有《孔明庙赞》："英才过管乐，妙策胜孙吴。凛凛《出师表》，堂堂八阵图。"薛逢有《题筹笔驿》："出师表上留遗恳，犹自千年激壮夫。"文天祥也有《怀孔明》："至今《出师表》，读之泪沾胸。"他在慷慨就义之前写下《正气歌》，还再一次提起诸葛亮："或为《出师表》，鬼神泣壮烈。"

在诸葛亮的崇拜者里，杜甫大概是最有名的一位。他入蜀以后，几乎游遍了所有跟诸葛亮相关的古迹：成都武侯祠，夔州八阵图旧址，白帝城诸葛祠，他都一一寻访过，并且留下了许多感慨的诗篇，其中的《蜀相》一诗，可谓辉映千古：

丞相祠堂何处寻？锦官城外柏森森。
映阶碧草自春色，隔叶黄鹂空好音。
三顾频烦天下计，两朝开济老臣心。
出师未捷身先死，长使英雄泪满襟。

　　如今的成都武侯祠中题满了形形色色的楹联，其中不少都化用这首《蜀相》，像"三顾频烦天下计，一番晤对古今情"，"唯德与贤，可以服人，三顾频烦天下计；如鱼得水，昭兹来许，一体君臣祭祀同"。可见，杜甫对诸葛亮的评价深入人心。除了这首《蜀相》，武侯祠的对联中还有许多出自杜甫之句，比如"时艰每念出师表，日暮如闻梁父吟"化用"可怜后主还祠庙，日暮聊为《梁甫吟》"（《登楼》），而"诸葛大名垂宇宙，宗臣遗像肃清高""三分割据纡筹策，万古云霄一羽毛"则是直接取自杜甫的《咏怀古迹》其五。

　　杜甫景仰诸葛亮，不厌其烦地作诗题咏他，不只是为了抒发怀古之幽思，更是源于同一种忠荩赤诚的情感共鸣，这一种情感可以上溯到他的家庭，杜甫出身于一个仕宦忠孝之家。西晋著名的儒将，集政治、军事、学术才能于一身的杜预是他的十三世祖。"文章四友"之一、骄傲地自诩"衙官屈宋"的杜审言是他的祖父。他的叔父杜并在十三岁那年就为父报仇而死。他的外祖母是李唐义阳王李琮的女儿。当年武则天杀害李氏宗亲，义阳王和他的长子被捕下狱，次子请求替哥哥去死，结果一同被杀，幼小的女儿幸免于难，于是承担起照顾全家的责任，每日给父亲和哥哥们

家国情怀　葵藿倾太阳

〔元〕赵孟頫　《杜甫像》（局部）

探监送饭。后来的丞相张说称赞她的孝行:"菲屦布衣,往来供馈,徒行悴色,伤动人伦。中外咨嗟,目为勤孝。"可见,杜甫一家称得上是满门忠孝,父亲带给他才学上的传承,母亲则使他与李唐王室有了血脉上的联系,杜甫受这种家庭氛围的熏陶,很早就有致君尧舜、解民倒悬的志向——即使后来他的壮志遭到现实的冷遇,先是在求仕时四处碰壁,再是流离失所、穷困潦倒,杜甫也从未怨恨过他的君主。在其名作《自京赴奉先县咏怀五百字》里,杜甫倾吐了自己的执着:"杜陵有布衣,老大意转拙。许身一何愚,窃比稷与契。居然成濩落,白首甘契阔。盖棺事则已,此志常觊豁。穷年忧黎元,叹息肠内热。取笑同学翁,浩歌弥激烈。非无江海志,潇洒送日月。生逢尧舜君,不忍便永诀。当今廊庙具,构厦岂云缺?葵藿倾太阳,物性固莫夺。"

这首诗里既有自嘲,又有恳切,杜甫说:我活了大半辈子,非但没有变得圆滑,反倒越来越笨拙了。可叹自己怎么这样愚鲁,不去求取功名利禄,反而立志要做稷和契那样的人?历史上的稷是周人的先祖,曾经"教民稼穑",契则是殷商的祖先,曾经做过大禹时的司徒。杜甫想要做这样的治世之臣,没想到半生过去,一事无成。他觉得自己就像庄子说的大瓠一样,大而无用,因此落得一生清贫辛苦。但说到底,他也是心甘情愿的。"穷年忧黎元,叹息肠内热。"杜甫一直为多灾多难的百姓而忧虑。在写这首诗的前一年,也就是天宝十三载(754)秋,大雨连续下了六十多天,田里的庄稼都被淹死了,平民住的茅屋土房也崩塌了很多,当时的宰相杨国忠却隐瞒灾情,对唐玄宗说:"雨虽多,不害稼也。"唐玄宗听信了杨国忠的谎话，杜甫的忠言却无人倾听。他不是没想过放弃长安的困顿生活，归隐于江湖山野，倒也落得潇洒自在，但是想了又想，他还是放不下对于朝廷和君主的忠爱。

杜甫的这种忠诚，不仅来源于家庭的熏陶，还来自于他成长的经历。杜甫两岁那年，唐玄宗继位，当时的唐玄宗是一位年轻有为、励精图治的好皇帝。杜甫成长在唐朝最强盛美好的时光，见证过"开元之治，美比贞观"的盛世，因此，杜甫对唐玄宗一直抱有很高的期许，认为他是当代的尧舜，即使唐玄宗晚年失道昏庸，杜甫也不忍心过多地责难他，仍然一心想要辅佐他。杜甫的忠诚，正是"葵藿倾太阳，物性固莫夺"，像葵花和豆藿朝向太阳一样，植根于本性，任何人也无法改变。

杜甫不缺乏才能，也不缺乏忠诚，唯独缺乏能够赏识他、重用他的君王。因此，他无比向往诸葛亮和刘备之间的信赖和默契。刘备和诸葛亮在世之时，就有"如鱼得水"的美谈，他们作古以后，君臣的祠堂也一体，共同享受后人的祭祀："武侯祠堂常邻近，一体君臣祭祀同。"（《咏怀古迹》其四）杜甫的亲身经历告诉他，像诸葛亮这样的治世名臣得以施展抱负，和君主的赏识信任有着很大的关系，正是："君臣当共济，贤圣亦同时。"（《诸葛庙》）"洒落君臣契，飞腾战伐名。"（《公安县怀古》）诸葛亮与刘备的关系并不像后世君臣那样等级森严，而更像是和衷共济的战友关系，他用一生去辅佐刘备，不是因为愚忠，而是因为有"匡复汉室，还于旧都"的共同理想。

杜甫暮年移居夔州，当地也有孔明庙，相传庙前的翠柏是诸葛亮亲手种植的，因为这个原因，当地百姓从不砍伐它们，过往行人也绝不去攀折，因此，这些柏树长得蓊蓊郁郁，经历风风雨雨，已经是铜枝铁干、参天矗立。在杜甫看来，这些古柏仿佛是诸葛亮的化身一般：

> 孔明庙前有老柏，柯如青铜根如石。
> 霜皮溜雨四十围，黛色参天二千尺。
> 君臣已与时际会，树木犹为人爱惜。
> 云来气接巫峡长，月出寒通雪山白。
> 忆昨路绕锦亭东，先主武侯同闷宫。
> 崔嵬枝干郊原古，窈窕丹青户牖空。
> 落落盘踞虽得地，冥冥孤高多烈风。
> 扶持自是神明力，正直原因造化功。
> 大厦如倾要梁栋，万牛回首丘山重。
> 不露文章世已惊，未辞剪伐谁能送？
> 苦心岂免容蝼蚁，香叶终经宿鸾凤。
> 志士幽人莫怨嗟，古来材大难为用。
>
> 《古柏行》

诸葛亮一心为国，泽及百姓，所以在千百年过后仍然受到民众的爱戴，连他庙前的树木都不忍伤害。这古柏生长得高耸入云，"落落盘踞虽得地，冥冥孤高多烈风"，既是受益于天地神明的扶持，也是受到君臣相契的感

家国情怀　葵藿倾太阳

[金]任询行书　杜甫《古柏行》拓片

召,成了英雄浩气的象征。在最后四句里,杜甫的思绪转入了现实:古柏的味道清苦,仍然遭到蝼蚁的蛀蚀,就像诸葛亮这样的大人物,也免不了树大招风、招人猜忌,他出兵北伐的途中,就曾因为小人的谗言而被刘禅召回。幸而诸葛亮为人清正,没有被谣言撼动,就像柏树枝叶芬芳,终究为鸾凤所栖迟。但是在这个世道上,即便再出一个诸葛孔明,又有哪个君王肯去屈尊三顾呢?杜甫感叹说:"志士幽人莫怨嗟,古来材大难为用。"这句话来自庄子"不材之木"的寓言。庄子说,像柤梨橘柚这样的果树,因为"有用"而遭人摧折,而一棵粗百围、高如山的栎社树却无可施用,因此得全天年。人也是一样,即使是贩夫走卒,谁没有一技之长呢?这些小的才能容易找到用武之地,而诸葛亮这样的经天纬地之才,则非明主不能用。和庄子的避世不同,杜甫并不吝惜牺牲自身去当一个"有用"的栋梁之材,而庙前的古柏令杜甫联想到巨木难用、大才不遇的悲哀寂寞,不由得发出一声浩叹。

反观当时的社会状况,我们更能体会到杜甫的一番苦心。他在《夔州歌十绝句》中也写到武侯祠的松柏:"武侯祠堂不可忘,中有松柏参天长。干戈满地客愁破,云日如火炎天凉。"唐朝经过安史之乱,各地节度使拥兵自重、割据一方,随时都会反叛朝廷,而天下纷纷攘攘,"干戈满地",百姓更是深受其苦。杜甫提醒人们:不要忘记了诸葛武侯的祠堂,他希望天下人还记得诸葛亮的忠心赤胆、克己奉公,更希望世上再有刘备诸葛亮这样的明君贤臣,可以澄清宇宙,安抚黎民。

诸葛亮在政治和军事上的功绩已被载入史册,而杜甫又在这份历史的馈赠之上，再建立起一座文学的丰碑。后人经过这里，既会神往蜀相的文治武功，也会怀想老杜的低回沉吟。陆游写夔州，就把这两位先贤相提并论：

> 武侯八阵孙吴法，工部十诗韶濩音。
> 遗碛故祠春草合，略无人解两公心。
> 《思夔州》其二

陆游也是诸葛亮的追崇者，但他写诸葛亮的诗和杜甫有些许不同：杜甫一生官居微末，他向往诸葛亮和刘备之间的亲密投契，而陆游则终生以北伐复国为己任，对于诸葛亮"北定中原"的壮志深有感触。对于国家民族的危机感渗透于他读《出师表》的感触里，这在南宋的士子之中也是一种普遍的心理，像王十朋的《谒武侯庙》，就因诸葛孔明、关羽、张飞这些英雄人物而被激发出了抵御外侮的渴望："丞相忠武，蜀之伊吕。……受命天子，来帅兹土。梦观八阵，果至夔府。庙貌仅存，风流可睹。旁有关张，一龙一虎。安得斯人，以消外侮？"

诸葛亮在隆中隐居时，曾自比管仲、乐毅，陆游则从小以管仲和诸葛亮自许，潜心修习文韬武略："少时谈舌坐生风，管葛奇才自许同。闭户著书千古计，变名学剑十年功。"（《宿鱼梁驿五鼓起行有感》其二）。成年以后，他也和诸葛亮一样，渴望着收复故土，北定中原。然而事与愿违，陆游只在早年亲历过前线，而后便长久地身处乡野，一腔报国热忱无处释放。

陆游常读《出师表》，视诸葛亮为知己和楷模，每当读有所感，就付诸纸笔，挥毫写下他对诸葛亮的崇敬与仰慕："出师一表真名世，千载谁堪伯仲间。"（《书愤》）"出师一表千载无，远比管乐盖有余。"（《游诸葛武侯书台》）"凛然《出师表》，一字不可删。"（《感秋》）他甚至在病中也手不释卷：

病骨支离纱帽宽，孤臣万里客江干。
位卑未敢忘忧国，事定犹须待阖棺。
天地神灵扶庙社，京华父老望和銮。
出师一表通今古，夜半挑灯更细看。
《病起书怀》

陆游写这首诗的时候，已经被免官移居成都。他在闲居卧病之时，犹然忧虑国家的命运，身处蜀地，令他更产生了一种历史和现实的交织感。当年刘备在白帝城病逝，蜀国正处在"天下三分，益州疲弊"的危急关头，诸葛亮一人承担起了拯救国家的使命，以《出师表》呈献后主，请求北伐。南宋的历史处境与当时的蜀国不无相似，甚至更加危急：宋、金、西夏三分天下，南宋虽然占有富庶的江南，但面对军事实力强大的金却屡屡战败，不但徽、钦二帝被扣押囚禁，朝廷还要年年向金称臣纳贡，这种屈辱令每一个有血性的南宋人都难以忍受。南宋初期几次北伐，一度击溃金兵，抗金将领岳飞壮怀激烈地宣布，要"待从头、收拾旧山河，朝天阙"（《满江红》）。但随着岳飞冤死狱中、韩世忠被解除兵权，其余支持北伐的文臣武将也纷纷被贬谪。陆游曾经递上万言《平戎策》，详谈北伐攻守之势，然而被朝廷否决，陆游所在的军幕也遭解散。陆游调任蜀中几年，又被主和派攻击"颓放""狂放"，免去了参议官一职。国家正是危急存亡之秋，陆游无暇为自己的挫败而沮丧："位卑未敢忘忧国，事定犹须待阖棺。"对国家的责任感驱使他抱病挑灯，又一次将诸葛亮的《出师表》翻出来细看。

诸葛亮出师未捷、病逝五丈原的悲凉结局，也常常令陆游扼腕。想到自己北伐的壮志无人理解，空老于林泉，不禁悲从中来。更可叹的是，诸葛亮病逝以后，尚且有姜维继承他的遗志，率军九伐中原，而陆游自己日渐衰老，南宋朝廷也一天天惯于苟且偷安，主张北伐的声音越来越稀疏了。陆游到了晚年，不但没有淡忘年轻时的壮志，而且越来越感到焦虑遽迫。他不停地追问："一表何人继出师！"（《七十二岁吟》）在《自警》一诗中，陆游书写了他一生无法割舍的渴望：

> 少年不自量，妄意慕管葛。
> 晚节虽知难，犹觊终一豁。
> 悲哉老病马，解纵谁复秣。
> 既辞箠辔劳，始爱原野阔。
> 饮涧啮霜菅，亦可数年活。
> 勿复思长途，嘶鸣望天末。

起首的两句"少年不自量,妄意慕管葛。晚节虽知难,犹觊终一豁",化用杜甫《自京赴奉先县咏怀五百字》:"许身一何愚,窃比稷与契。……盖棺事则已,此志常觊豁。"杜甫想要成为稷与契这样的治国之臣,陆游则从小仰慕管仲、诸葛亮,可叹的是,虽然他们的才华直到暮年都没有得到施展,但早年的远大志向仍像一团不肯熄灭的火焰,令他们感到焦灼。陆游此时年事已高,他想到古人的诗:"老骥伏枥,志在千里;烈士暮年,壮心不已。"(曹操《步出夏门行·龟虽寿》)这匹老马仍然有千里横行之心,却没有人给它喂一口粮草。它只能自己去饮山泉、嚼野草,即使只剩下数年残生、驰骋无望,也不甘与驽马骈死槽枥,依然向着天边嘶鸣不已。

陆游就是这样一匹老马,这位迟暮英雄在临终前仍然惦记着"王师北定中原日"嘱咐儿子"家祭无忘告乃翁"(《示儿》),当陆游经过诸葛亮曾经驻军的筹笔驿时,想起蜀汉在诸葛亮去世之后衰微的国运,又写下了一首《筹笔驿》:

运筹陈迹故依然,想见旌旗驻道边。
一等人间管城子,不堪谯叟作降笺。

筹笔驿是蜀国故地,诸葛亮曾在这里筹划北伐,在诸葛亮死后,光禄大夫谯周极力怂恿刘禅投降,并为后主作降书。陆游想,那支誊写降书的毛笔倘若有灵,该要为自己的使命感到多么羞愧难堪!后来,刘禅出降也经过筹笔驿,那里还遗留着诸葛亮当年布置的军营。国家的战与降、兴与亡，都集中在同一个地方，这种对比使得陆游感到痛心。筹笔驿这个小小的地方也因此著名，它见证过诸葛亮的呕心沥血："抛掷南阳为主忧，北征东讨尽良筹。"（罗隐《筹笔驿》）又冷眼看着他的心血付诸东流："千里山河轻孺子，两朝冠剑恨谯周。"（罗隐《筹笔驿》）李商隐的同名诗则更加著名：

> 鱼鸟犹疑畏简书，风云常为护储胥。
> 徒令上将挥神笔，终见降王走传车。
> 管乐有才真不忝，关张无命欲何如。
> 他年锦里经祠庙，梁父吟成恨有余。

诸葛亮一生鞠躬尽瘁，只可惜后主刘禅并非可造之才，使得他终不免"有才无命"、抱恨而终的结果。不过，翻遍历史，也许诸葛亮的结局已经算不错，他在前半生得到刘备的知遇，后半生纵横驰骋，去世之后，后主刘禅亲自下诏吊唁他："惟君体资文武，明睿笃诚，受遗托孤，匡扶朕躬，……赠君丞相武乡侯印绶，谥君为忠武侯。魂而有灵，嘉兹宠荣。呜呼哀哉！呜呼哀哉！"（《三国志·蜀书·诸葛亮》）后世"有才无命"更甚于诸葛亮者，他们或如杜甫、陆游一般，一心忠荩报国却无人赏识，或更加惨烈，像汉朝的韩信，明朝的胡惟庸、蓝玉，在功成名就以后遭到君王的猜忌，落得个"兔死狗烹"的结果。刘禹锡曾经写过《韩信庙》一诗：

> 将略兵机命世雄，苍黄钟室叹良弓。
> 遂令后代登坛者，每一寻思怕立功。

这样的历史故事令很多人警醒，古人也渐渐认识到，"报国"和"忠君"有时候并不是一体的。国家是安身立命之所，保卫家园、报效国家固然万死不辞，而君王则不一样，他们虽然身披"真龙天子"的光环，可说到底也是凡人，再英明的皇帝也难免做几件糊涂事。再说，是凡人就会有私心，君主权倾天下，他一人的私心就常常压倒了民心——岳飞忠心耿耿，曾经亲手抄写《出师表》，想要效仿诸葛亮"鞠躬尽瘁，死而后已"，他率领的岳家军纪律严明，号称"冻死不拆屋，饿死不掳掠"（《宋史·岳飞传》），深受百姓爱戴；但对宋高宗来说，岳飞未必就比秦桧更懂得自己的心思。正当岳飞屡战告捷，准备"痛饮黄龙"之时，却被宋高宗用十二道金牌召回，以"莫须有"的罪名杀害。有人说，这是因为岳飞手握重兵，又参与到皇位继承人的争论中，犯了宋高宗的大忌；也有人说，岳飞想要收复失地，迎回被扣押的徽、钦二帝，使得宋高宗处境尴尬。杀害岳飞，也许满足了宋高宗一人的私愿，却等于毁掉了国家的万里长城，北伐大计功亏一篑，遗恨千年。

《宋史·岳飞传》里说，宋高宗召回岳飞，岳飞上表答诏，其"忠义之言，流出肺腑，真有诸葛孔明之风"。这位颇有武侯遗风的英雄，最后却死于他拼死效忠的宋高宗手里。当宋高宗用十二道金牌召他班师的时候，岳飞明知此行不但延误战机，而且凶多吉少，却不得不遵旨照

家国情怀　葵藿倾太阳

[宋]岳飞手书《后出师表》

做；岳飞即使手握重兵，在皇权面前也逃不过"君要臣死，臣不得不死"的命运。

像这样令人扼腕的事，在历史上并不少见，还有一桩著名的公案，要从春秋时代的秦国说起。公元前621年，一代霸主秦穆公去世，在他西御戎狄、东进中原的生涯里，地处边陲的秦国取得了前所未有的瞩目地位，并且在《春秋》绝笔之前，也没有一个继承人能超越他的辉煌。生前的秦穆公被当作爱才的典范，他网罗了一大批名臣猛将，文有百里奚、蹇叔，武有孟明视、西乞术、白乙丙，就连传说中相马的奇士伯乐也在他麾下效力。有一次，秦穆公宴请群臣，大家举杯痛饮，秦穆公致祝酒词说："生共此乐，死共此哀。"在一片热闹的氛围下，子车奄息、子车仲行、子车鍼虎都慨然相许。但当时，他们也许只注意了秦穆公的前半句话，谁也没有认真地琢磨过后半句话，都没有想到，这样辉煌的盛宴中有死亡的阴影。

秦穆公死后，他的尸体被放在沉重的棺椁中，一百七十七个陪葬者也随着它步入幽暗的墓道，再也没能重见天日。这支队伍哆哆嗦嗦地往下走，其中就有承诺"死共此哀"的子车氏三兄弟。这三人都是秦国著名的贤良之才，围观的人认出了他们，都感到很痛惜，宁愿用自己的死去赎回他们。面对这场无可挽救的悲剧，秦人作《黄鸟》诗来抗诉："交交黄鸟，止于棘。谁从穆公？子车奄息。维此奄息，百夫之特。临其穴，惴惴其栗。彼苍者天，歼我良人。如可赎兮，人百其身。"《毛诗序》解释这首诗的大意，说《黄鸟》是哀悼三良的诗，秦人讽刺穆公用活人陪葬，所以写了这首诗。后世的诗人也常常作诗来描述这件事，比如王粲的《咏史诗》：

自古无殉死，达人所共知。
秦穆杀三良，惜哉空尔为。
结发事明君，受恩良不訾。
临没要之死，焉得不相随。
妻子当门泣，兄弟哭路垂。
临穴呼苍天，涕下如绠縻。
人生各有志，终不为此移。
同知埋身剧，心亦有所施。
生为百夫雄，死为壮士规。
黄鸟作悲诗，至今声不亏。

　　王粲说，用活人殉死并不符合古制，秦穆公以这三位贤臣来殉葬，实在令人不解。批评完秦穆公，王粲笔锋又一转，他不像《诗经》一样以旁观者的视角来写，而是从三良自己的视角来倾诉这件事：我们当年一同侍奉明主，受到他这么重的恩情，现在国君去世了，让我们去陪伴，我们怎么能推辞呢？虽然妻子儿女在门前扑簌簌地掉泪，兄弟们哭倒在路旁，可是"人生各有志"，我们不会为此而动摇，活着的时候是"百夫雄"，死的时候也要堂堂正正，成为天下壮士的楷模。
　　王粲这首《咏史诗》有一点值得玩味：他虽然在开头批评了秦穆公的残忍，但又从臣子的视角说话，且毫无拒绝赴死的余地，不仅如此，三兄弟几乎还把陪葬当成了自己"尽忠"的志愿，连一句怨言都没有，这跟岳飞的冤案何其相似？元朝官修的《宋史》批评宋高宗自毁长城，却绝不说岳飞当年可以抗命。君王可能会犯错，但臣子的绝对忠诚也是不容置疑的。

　　王粲这首诗的基调，在魏晋诗里一再重复，诗人都将三良的殉死看作是为秦穆公尽忠。像阮瑀的《咏史诗》既批评说"误哉秦穆公，身没从三良"，同时又称颂三良的忠烈："忠臣不违命，随躯就死亡。"他们走进黑魆魆的墓穴，仰头最后看一眼人世间的日月光辉，"低头窥圹户，仰视日月光"。如此绝望恐怖的一幕，竟然也阻挡不住他们赴死的决心："谁谓此可处，恩义不可忘。"

　　曹植的《三良诗》也说，三良慨然赴死，并非贪图功名，只是为了践行宴会上的约定："生时等荣乐，既没同忧患。"但他们赴死的恐惧和悲哀又是那么震慑世人，令人同情哀叹："谁言捐躯易？杀身诚独难！揽涕登君墓，临穴仰天叹。长夜何冥冥，一往不复还。黄鸟为悲鸣，哀哉伤肺肝。"

　　当时的诗人认为，秦穆公令三良殉死固然残忍可怖，却又是臣子无法抗拒的：秦穆公的知遇之恩给予了三良在人世间的价值，因此随着君王的死，臣子在人世间的意义也就终结了，父老妻儿不论怎样痛苦地挽留，三良也只能用"人生各有志，终不为此移"来支持自己的抉择。陶渊明的《咏三良》同样也陷入了两难，在"厚恩固难忘，君命安可违"和"良人不可赎，泫然沾我衣"之间，魏晋诗人的矛盾态度始终没有解决。

　　唐人柳宗元的《咏三良》诗，首次将这个题材写出了新意：

束带值明后，顾盼流辉光。
一心在陈力，鼎列夸四方。
款款效忠信，恩义皎如霜。
生时亮同体，死没宁分张。
壮躯闭幽隧，猛志填黄肠。
殉死礼所非，况乃用其良。
霸基弊不振，晋楚更张皇。
疾病命固乱，魏氏言有章。
从邪陷厥父，吾欲讨彼狂。

柳宗元直接地讽刺说：秦穆公以人殉死，本就不合礼法，更何况是用国家的栋梁之材来殉葬。秦穆公留下这样残忍的遗命，他的继任者该要怎么处理呢？柳宗元引用了魏颗的典故，试图解决这种报恩和酷法之间的困境。《左传》记载，魏颗是春秋时晋国的大将，其父魏武子有一爱妾，魏武子得病时曾嘱咐魏颗，将爱妾另嫁他人，而在病重时，又让魏颗将爱妾殉葬。魏颗在父亲身故后，遵从父亲头脑清醒时的遗嘱，将其爱妾改嫁。后来，魏颗在战场上和秦国的大将杜回交战，正在难解难分之际，杜回突然摔倒。原来是一个老人将青草结成绊子，绊倒了杜回，魏颗大胜。当天夜里，魏颗梦见这老人，他自称是当年那位姬妾的父亲，特地来向魏颗报恩。

联想柳宗元的身世处境，他这首诗恐怕别有弦外之音：柳宗元在唐顺宗在位时参与过"永贞革新",试图改革中唐以来藩镇割据、宦官专权的弊病。然而改革只持续了二百余天,宦官和藩镇的势力就勾结反扑,趁唐顺宗中风病重,逼迫他退位,并拥立太子李纯,"永贞革新"宣告失败。太子李纯就是后来的唐宪宗,他即位后,把参与革新的"二王八司马"流放到各地。柳宗元作为其中的一员,先被贬为邵州刺史,在途中又被加贬为永州司马。对于唐宪宗废除先皇的革新措施及打击改革派的做法,柳宗元深感愤郁。他对于无辜赴难的三良,自然是心有戚戚焉:穆公之子拿国家的贤臣去殉葬,虽说是遵从遗命,却也因为这一残忍的做法而陷父亲于不义,使穆公在千百年后还被指责,并不是值得称赞的"孝举"。而唐宪宗废除父亲的改革,打击父亲任用的老臣的做法,不是更加恶劣吗?

此外,苏轼也写过两首咏怀三良的诗,两诗主旨大相径庭,颇值得玩味。第一首《秦穆公墓》作于苏轼从政的早期,其时任凤翔府签书判官,年二十六岁:

> 橐泉在城东,墓在城中无百步。
> 乃知昔未有此城,秦人以泉识公墓。
> 昔公生不诛孟明,岂有死之日而忍用其良。
> 乃知三子徇公意,亦如齐之二子从田横。
> 古人感一饭,尚能杀其身。
> 今人不复见此等,乃以所见疑古人。
> 古人不可望,今人益可伤。

家国情怀　葵藿倾太阳

III

〔明〕杜堇　《东坡题竹图》

在当时苏轼眼里，秦穆公既然能宽赦连续两次损兵折将的孟明视，又怎会残忍地用三良殉死？古人对一饭之恩尚能杀身相报，何况是对秦穆公的知遇之恩？三良的殉死出于他们舍生取义的高洁品性，在如今反而受到质疑，越发显示出今人的庸碌可悲了。

然而在苏轼晚年贬谪惠州的岁月里，他写了另一首《和陶咏三良》，立意与基调都和前作迥然有别：

> 此生太山重，忽作鸿毛遗。
> 三子死一言，所死良已微。
> 贤哉晏平仲，事君不以私。
> 我岂犬马哉，从君求盖帷。
> 杀身固有道，大节要不亏。
> 君为社稷死，我则同其归。
> 顾命有治乱，臣子得从违。
> 魏颗真孝爱，三良安足希。
> 仕宦岂不荣，有时缠忧悲。
> 所以靖节翁，服以黔娄衣。

苏轼的这种感悟可谓相当清醒，他将"社稷"与"君"分开来看待：三良只因为筵席上的一句祝酒词，就把重如泰山的生命像鸿毛一样弃掷了，他们是为君王个人而死，算不得有价值。相比于三良的殉死，苏轼更认同齐国的晏婴。其时齐国国君是齐庄公,一日,齐庄公到大夫崔杼家里去,和他的妻子棠姜私通,不料崔杼早已埋伏刀斧手,当场将庄公杀死。晏婴听闻噩耗,决定去吊唁齐庄公。晏婴到了崔杼门前,手下人担心地问:"您这是要自杀为国君殉死吗?"晏婴说:"难道他是我一个人的国君?我为什么要为他去死?"手下人再问:"那您打算逃跑吗?"晏婴说:"我难道有罪吗?为什么要跑?"手下人又问:"那我们回家去吗?"晏婴说:"国君死了,我们要回哪里去?我们做臣子的,应当要保护社稷,岂能只是为了俸禄钱粮?要是国君为社稷而死,那我也会随他去死;现在他是为自己的错误而死。眼下都有人弑杀君主了,我为何自杀?为何逃亡?又要回到哪里去?"说罢,晏婴踏进崔杼家,伏尸大哭。崔杼的手下想杀他,然而崔杼知道晏婴深得民心,最终不敢下手。

这段"晏子不死君难"的故事,真是浩气凛然,晏婴辅佐齐国三代国君,政绩斐然,司马迁认为他堪比管仲,连孔子也赞叹说:"救民百姓而不夸,行补三君而不有,晏子果君子也!"(《晏子春秋》)苏轼认为,臣子事君,只有为社稷而死,才可谓死得其所。晏婴凡事考虑国家的大局,他不畏惧死,也不会为一人一言而轻易去死,这才是国家栋梁应有的气概,绝不像犬马乞食一样,唯君命是听。苏轼还说,"真孝爱"应像魏颗一样,辨明是非,顺从正道。

胡仔在《苕溪渔隐丛话》后集中引用《艺苑雌黄》,认为苏东坡的这首诗"独冠绝于古今",他又分析说,苏轼年轻时写《秦穆公墓》,还是赞颂三良忠心耿耿,到老年写《和陶咏三良》,则立意完全相反,"晚年所见益高，超人意表"。在早年的时候，苏轼还对"君臣恩义"抱有浪漫想象。然而，这个忠诚正直的年轻人踏进官场，却几次因为仗义执言而遭到贬黜，特别是"乌台诗案"一事，几乎将他置于死地。苏轼早年的"明君"想象在现实的冲击下烟消云散，人生阅历让他逐渐变得理性，明白君王并不永远站在道义的一边。

现实的经历使苏轼变得成熟：现实里的君王虽不值得舍生相随，但仍然可以追随理想的道义。即使几经起落，苏轼也不改本色。他在朝廷的时候，不依附于新旧任何一党，万事以国家百姓的利益为重；被贬谪出京，所到之处他都"革新除弊，因法便民"，而这正是古代知识分子"从道不从君"的独立人格。他们对于君臣关系的理性思考，黄宗羲在《原君》中对其进行最深刻的阐释，他洞察了当时君王以天下为一人之私产的本质，激烈地批评这些被称为"独夫"的人"荼毒天下之肝脑，离散天下之子女，以博我一人之产业"，"敲剥天下之骨髓，离散天下之子女，以奉我一人之淫乐"。然而天下岂能永远地属于一家一姓呢？每一个自以为千秋万代的王朝历史都只是浩瀚宇宙中的一瞬，历代"天子"的后人们都已湮灭无闻，然而历史并不为之停留。黄宗羲说"天下为主，君为客"，显赫的君主不过是寄居一时的"客"，比起"忠君"，还是天下苍生的福祉更值得追寻。他们在依附君主以外，为自己开辟了一条安身立命之道：舍身于国家社稷，而非君主一人，这大概就是"报国"的最高形式吧！

忆昔开元全盛日

国祚兴衰

我们的先民很早就把诗歌的风貌和国家的命运联系起来，《诗·大序》中说："治世之音安以乐，其政和；乱世之音怨以怒，其政乖；亡国之音哀以思，其民困。故正得失，动天地，感鬼神，莫近于诗。"诗歌能够折射出一个时代的风貌，国家兴盛强大的时候，诗歌里也自然显现出自信进取的色彩，而国力衰微、危机四伏的时候，诗人的文字里则会流露出忧患的情绪。

拿唐代来说，这既是一个诗歌繁荣的时代，也是一个经历了漫长兴衰历程的朝代，唐诗作为当时最兴盛的文学形式，也最忠实完整地记录了这个王朝的起落：初唐诗的风神意气、盛唐诗的烂漫恣肆、中唐诗的沉吟思索、晚唐诗的哀感顽艳，都与那个时代的气息相吻合。唐代中国不愧是一个诗的时代、诗的国度，而诗歌也堪称唐朝最好的代言者。

一、唐诗的先声

唐诗的辉煌开始之前，最流行的诗歌题材是南朝的"宫体诗"。宫体诗滋长在南朝靡丽的宫闱之内，它描写宫廷里的风花雪月，或者美女的花容玉体。这一类诗多数写得轻浮靡艳，像南朝梁简文帝萧纲的《咏内人昼眠》：

> 北窗聊就枕，南檐日未斜。
> 攀钩落绮障，插捩举琵琶。
> 梦笑开娇靥，眠鬟压落花。
> 簟文生玉腕，香汗浸红纱。
> 夫婿恒相伴，莫误是倡家。

萧纲身为一国之主，竟然用写青楼女子的笔法来描写自己的妻子，实在让读者大跌眼镜。这类诗，虽然写得辞藻精美华丽，但毕竟过于柔靡，缺乏一点健康的情感色彩。此诗通篇都在描写妻子的衣着相貌，仿佛她是金瓶内供养的一朵芍药花，或者漆匣里睡着的一支七宝簪——美则美矣，却少了一点活泼的生命和情感。

后世对于这种文风有过很多的批评，《隋书·经籍志》就直接把它与风气的败坏、国家的衰亡联系起来："梁简文之在东宫，亦好篇什，清辞巧制，止乎衽席之间，雕琢蔓藻，思极闺闱之内。后生好事，递相放习，朝野纷纷，号为宫体。流宕不已，讫于丧亡。"

皇帝迷恋这种艳情的宫体诗，用宫体诗、骈俪文作为取才任官的标准，天下人自然投其所好，南朝的诗文于是一天天变得颓靡。这种文风常常被看作国势颓靡的象征，闻一多在《唐诗杂论·宫体诗的自赎》中就曾评论说："这专以在昏淫的沉迷中作践文字为务的宫体诗，本是衰老的、贫血的南朝宫廷生活的产物"。南朝的君臣沉迷于歌舞酒色，安于一方割据的小朝廷而不思进取。自身格局不大，自然也只能欣赏这种细巧柔靡的格调。

正当南朝的君臣在美人的舞袖下宴饮沉醉，北方的隋朝早已悄悄地崛起。隋文帝杨坚横扫六合，废除了西梁的后主萧琮，又击破陈朝，在后宫的枯井里活捉了陈后主陈叔宝。自西晋以来分裂割据了近三百年的中国，终于归于一统。以隋文帝的眼光来看，六朝以来的颓靡文风实在与这个新兴大国的气度不相符合。隋文帝还没有完成统一大业的时候，就已经下令反对宫体诗的淫靡风格："高祖初统万机，每念斫雕为朴，发号施令，咸去浮华。然时俗词藻，犹多淫丽，故宪台执法，屡飞霜简。"（《隋书·文学传序》）

而隋文帝的继任者隋炀帝，虽然背负着"亡国之君"的恶名，但他又是个纵横睥睨的雄霸之才。和那些沉湎于靡靡之音的南朝皇帝不同，隋炀帝的诗里自有一种激扬进取的气度，明代陆时雍的《古诗镜》就称赞隋炀帝对六朝颓风的逆反，说"隋炀起敝，风骨凝然"，"隋炀从华得素，譬诸红艳丛中，清标自出"，"隋炀帝一洗颓风，力标本素。古道于此复存"。我们拿隋炀帝和陈后主的诗一对比，就能看出其中明显的不同，他们都以古乐府的《饮马长城窟行》为题写过边塞题材的诗，陈后主的诗是：

> 征马入他乡，山花此夜光。
> 离群嘶向影，因风屡动香。
> 月色含城暗，秋声杂塞长。
> 何以酬天子，马革报疆场。
>
> ——《饮马长城窟行》

美国汉学家宇文所安在《初唐诗》里评价这首诗，说它"将战马嗅花香的温柔感情与为国牺牲的严肃誓言放在一起，实在不伦不类，这是因为陈后主的边塞经验纯粹是文学的"。六朝文风浮华矫饰，使得本来刚健爽朗的边塞诗也染上了柔靡的香粉味。陈后主"生于深宫之中，长于妇人之手"（王国维《人间词话》），在温柔富丽的江南水乡之间，怎能想象出边塞战争的残酷？

和陈后主不同，隋炀帝则有过实打实的征战经验，他曾经亲征吐谷浑，三征高句丽，打通河西走廊，大大扩张了隋朝的版图。他的《饮马长城窟行·示从征群臣》写得豪情万丈，充满了一代雄主的使命感：

> 肃肃秋风起，悠悠行万里。
> 万里何所行，横漠筑长城。
> 岂台小子智，先圣之所营。
> 树兹万世策，安此亿兆生。
> 讵敢惮焦思，高枕于上京。

北河秉武节，千里卷戎旌。
山川互出没，原野穷超忽。
拟金止行阵，鸣鼓兴士卒。
千乘万骑动，饮马长城窟。
秋昏塞外云，雾暗关山月。
缘岩驿马上，乘空烽火发。
借问长城侯，单于入朝谒。
浊气静天山，晨光照高阙。
释兵仍振旅，要荒事方举。
饮至告言旋，功归清庙前。

陈后主在江南的温柔水乡写《饮马长城窟行》，论真情实感自然比不上亲自饮马长城的隋炀帝。隋炀帝曾经北巡长城，与突厥的始毕可汗激战，又在大业三年（607）和大业四年两度修长城，调发丁男一百二十万。但这样"大手笔"的另一面也是残酷的，许多的青壮年还没有走到边疆就疲病而死，更别提边塞到处血流成河、万骨成枯，"天下死于役"。而且从这首《饮马长城窟行·示从征群臣》里，我们看不到隋炀帝对于那些被征发入伍的平民有任何的怜恤，也看不出士兵们为何而战。隋炀帝的字里行间只流露出一种对于权力和功名的迷恋。对他而言，他的士卒们是毫无生命感情的战争工具，将士们临兵列阵，拼死厮杀，换来的只是皇帝一人的荣耀："功归清庙前"。

家国情怀　忆昔开元全盛日

〔唐〕阎立本　《历代帝王图》隋炀帝像

这也预示了隋朝在繁荣背后的危机：隋炀帝连年兴兵征讨四方，又修筑长城、开凿运河，虽然功劳不可谓不显赫，但隋朝立国未久，就这样穷兵黩武、好大喜功，过早耗尽了国力。再加上隋炀帝喜好游乐享受，年年巡游四方，三下扬州，他每到一地，都大兴土木，建造奢靡的离宫。他写过一首记录这种寻欢作乐的《江都宫乐歌》，其中的声色繁华并不减于南朝的遗韵：

> 扬州旧处可淹留，台榭高明复好游。
> 风亭芳树迎早夏，长皋麦陇送余秋。
> 渌潭桂楫浮青雀，果下金鞍跃紫骝。
> 绿觞素蚁流霞饮，长袖清歌乐戏州。

尽管当时的农民纷纷揭竿而起，李密率领瓦岗军围逼东都洛阳，且发布檄文历数隋炀帝的十大罪状，隋朝的江山岌岌可危，隋炀帝却全然不顾。《资治通鉴》里记载，晚年的隋炀帝已经不复当年南征北战的锐意，他在江都沉湎于乐舞女色，广选江淮的民间美女充实后宫。在声色犬马之中，隋炀帝自己也隐隐地嗅到了末日的气息——他毕竟是绝顶聪明之人，于是时常揽镜自照，边看边对萧皇后说："好头颈，谁当斫之！"

隋炀帝最后死在了叛军宇文化及的手里，这颗既傲慢又聪敏的"好头颅"丧于他旧日部下的手里。临终前，隋炀帝愤恨地对他们说："我实在辜负了我的百姓，但你们这些人，谁没有享受过我给的荣华富贵？今天这叛乱，又是谁起的头？"看起来，隋炀帝对于自己的所作所为尚且有最后一点清醒的认识，他心里还对国家和百姓保留着一丝良知和愧疚。

二、初唐的风神

隋朝虽然短寿，却为后来的唐朝开辟了大一统的宏伟格局，隋炀帝时留下的京杭大运河更是成为一条贯通南北的大动脉，并且隋朝时开创的科举取士制度，也使得天下的寒门士子有了出头之日。相比于南北朝时期的门阀世族统治，这种开明的制度、开放的政治环境正是读书人梦寐以求的，年轻的士子们怀抱着治国平天下的理想踏上了仕途。隋朝也为后来的唐朝留下了一大批优秀的人才，如唐太宗时期的名臣魏徵，就曾经在讨伐隋炀帝的武阳郡丞元宝藏帐下为官，后来魏徵归降唐朝，以敢于犯颜直谏而闻名，为唐太宗的"贞观之治"立下了汗马功劳。

魏徵虽然不以写诗著名，但在他留下的寥寥几首诗中，也颇能当得起一句"文如其人"的评价。明代李攀龙编《唐诗选》，就把魏徵的《述怀》一诗放在了卷首，而清代评论家沈德潜则说它"气骨高古，变从前纤靡之习，盛唐风格发源于此"。的确，和六朝精美艳丽的诗歌比起来，魏徵的《述怀》要朴素得多，同时也"磊落露骨性"，崭露出一个时代的新声：

> 中原初逐鹿，投笔事戎轩。
> 纵横计不就，慷慨志犹存。
> 杖策谒天子，驱马出关门。

请缨系南粤[1]，凭轼下东藩[2]。
郁纡陟高岫，出没望平原。
古木鸣寒鸟，空山啼夜猿。
既伤千里目，还惊九折魂。
岂不惮艰险，深怀国士恩。
季布无二诺，侯嬴重一言[3]。
人生感意气，功名谁复论。

  魏徵这首诗写于入仕李唐王朝以前，他年轻时投笔从戎，曾多次向瓦岗军的领袖李密献计，但都不被采纳，诗中"纵横计不就，慷慨志犹存"一句，写自己的计谋不被采纳，却仍然志气慷慨，并不因此灰心丧气——这确实是一代名臣的气量，魏徵并不介怀于一时的得失，而满怀着改造乾坤的豪情壮志。

  魏徵记录自身经历的同时，还夹杂着用了许多的历史典故，像战国时的侯嬴、西汉的郦食其、季布，这些受到魏徵欣赏仰慕的前人，都是忠诚和信义的典范，他们或许因为功成而身死，却都为自己的国家建立了不可磨灭的功勋。和隋炀帝的诗比起来，魏徵的诗

---

1 "请缨"一句，用的是西汉终军的典故。汉武帝时，南越王割据一方，终军自请出使南越，表示愿用长绳缚南越王来归顺："愿受长缨，必羁南越王而致之阙下。"但南越丞相吕嘉激烈地反对此事，并率军攻击汉朝的使者，终军亦因此被杀，死时年仅二十。
2 "凭轼"一句，用的是郦食其的典故。楚汉相争时，刘邦帐下的郦食其游说齐王归汉，齐王以七十二城降汉。
3 季布和侯嬴都是历史上信守承诺的模范：季布为人仗义诚信，今天的"一诺千金"就从当时"得黄金百斤，不如得季布一诺"的民间谚语而来；侯嬴曾向信陵君献上"围魏救赵"的策略，击退了秦国的进攻，但他身为魏国人，仍然对此事怀有深深的愧疚，于是在事成后自刎而死。

更加朴素且直抒胸臆，充满了对于参与国家大事的热情。这是魏徵青年时代的风貌，也正是豪迈刚健的开国气象。当时的青年士子们怀抱着理想抱负，有着自尊自信的人格魅力。

初唐的风神，与它当时的国势有着直接的关联。我们认识中的初唐，是从唐高祖李渊开国算起，经历太宗李世民、高宗李治、武周武则天这几代皇帝，以唐玄宗即位为止点。这时候，天下一统，东西突厥、高句丽等强敌被击败，尊称唐皇为"天可汗"。经过数十年的休养生息、励精图治，各行各业都呈现出欣欣向荣的气派。这种积极进取的普遍心理、刚健活泼的气度，也反映到文学之中，很强烈地冲击了六朝诗风的香艳柔靡，但几代以来的积习毕竟难以一朝扫净，宫体诗的影响也没有完全消除，连刚猛坚毅的唐太宗，也曾经写过一些这样的艳情诗。

有一次，唐太宗写了一首宫体诗，命令虞世南写一首来唱和。

虞世南是当时著名的文士，他生长在南朝陈，曾经在隋炀帝帐下效劳，在唐太宗朝里也声名显赫，虞世南最著名的诗是赞颂蝉的高洁秉性的《蝉》：

垂緌饮清露，流响出疏桐。
居高声自远，非是藉秋风。
《蝉》

古人认为蝉"饮露而不食"，因此是最洁净的生灵。从这首诗里，我们大概可以看出虞世南的正直品性和清雅的审美情趣。

唐太宗要求他写艳情宫体诗，虞世南拒绝了，他说："圣上的诗作虽然工整，但题材并不属于雅乐正音。上有所好，下必有甚。臣怕这首诗一流传开，就会风靡天下，因此不敢奉召。"唐太宗为此感到很惭愧，说："朕只是试探你一下。"他打消了原先的念头，并且赐给虞世南五十匹绢帛作为赏赐。

这一次，唐太宗让虞世南写宫体诗唱和失败了，在虞世南的引导下，唐太宗写诗的格调逐渐地回到了"雅正"的传统上来。他们曾成功地写过一组题咏竹子的应和诗，赞美竹子经冬不衰的坚贞：

贞条障曲砌，翠叶贯寒霜。
拂牖分龙影，临池待凤翔。
李世民《赋得临池竹》

葱翠梢云质，垂彩映清池。
波泛含风影，流摇防露枝。
龙鳞漾嶰谷，凤翅拂涟漪。
欲识凌冬性，唯有岁寒知。
虞世南《赋得临池竹应制》

虞世南拂逆唐太宗对于宫体诗的喜好，太宗却毫不介怀，反而对这位德高望重的学者分外敬重。虞世南去世后，唐太宗追赠他为礼部尚书，并将他葬在为自己准备的昭陵,让这位忠诚而渊博的名臣永远与自己为伴。唐太宗在诏书里说:"世南与我亲如一体,他为我拾遗补阙,未曾有一日疏忽,他这样的人,就是当代的名臣、人伦的楷模。现在他去世了,管理皇家典籍的人里再也没有能和他相比的。"后来有一次,唐太宗作了一篇述古论今的诗,写完了又叹息说:"钟子期死了,俞伯牙就终生不复鼓琴。虞世南死了,我写这种诗又要拿给谁看呢?"李世民感到深深的孤寂,于是命令褚遂良把这首诗拿到虞世南的灵前焚化了,祈求虞世南泉下有知,还能感受到皇帝对他的思念。

若把眼光放到宫廷以外,最令人瞩目的诗人要数"初唐四杰"——骆宾王、王勃、杨炯、卢照邻四人,他们曾经得到杜甫"不废江河万古流"的评价。"初唐四杰"作为唐诗的先驱者,急不可待地要突破六朝的颓靡风格,唱出自己的新声。骆宾王七岁咏鹅,早早崭露出才华与锐意,他为讨伐武则天写的檄文"一抔之土未干,六尺之孤何托?"(《为徐敬业讨武曌檄》)竟然令武则天本人为之折服。王勃是个早逝的天才,他的《滕王阁序》虽然是六朝以来盛行的骈体文,但文辞典雅堂皇,气势丰沛浩荡,一句"落霞与孤鹜齐飞,秋水共长天一色",犹如珍珠璞玉之光,纯乎天然,毫无扭捏雕琢之气。杨炯的"宁为百夫长,胜作一书生"(《从军行》),"丈夫皆有志,会见立功勋"(《出塞》),又是多么器宇轩昂、豪情胜慨。而卢照邻最著名的《长安古意》则描写春天长安城的盛景,折射出初唐的灿烂光华:"长安大道连狭斜,青牛白马七香车。玉辇纵横过主第,金鞭络绎向侯家。龙衔宝盖承朝日,凤吐流苏带晚霞。百尺游丝争绕树,一群娇鸟共啼花。游蜂戏蝶千门侧,碧树银台万种色。复道交窗作合欢,双阙连甍垂凤翼。""生憎帐额绣孤鸾,好取门帘帖双燕。双燕双飞绕画梁,罗帷翠被郁金香。片片行云着蝉鬓,纤纤初月上鸦黄。鸦黄粉白车中出,含娇含态情非一。妖童宝马铁连钱,娼妇盘龙金屈膝。御史府中乌夜啼,廷尉门前雀欲栖。隐隐朱城临玉道,遥遥翠幰没金堤。挟弹飞鹰杜陵北,探丸借客渭桥西。俱邀侠客芙蓉剑,共宿娼家桃李蹊。娼家日暮紫罗裙,清歌一啭口氛氲。北堂夜夜人如月,南陌朝朝骑似云。南陌北堂连北里,五剧三条控三市。弱柳青槐拂地垂,佳气红尘暗天起。汉代金吾千骑来,翡翠屠苏鹦鹉杯。罗襦宝带为君解,燕歌赵舞为君开。"

  这样精美豪华的铺陈,似乎沿袭了六朝的遗风,但它和宫体诗又有不同,宫体诗雕琢虽细,却多是没有生命情感的死物,而《长安古意》则龙腾虎跃、活色生香,给人一种大梦初醒的惊喜感,具这一种气势,正是因为内里有一种鲜活的情感和灵魂。这是一幅春天的长安图卷,当时的唐朝也正处在生机勃勃的春天:街上熙熙攘攘的人群,白天竞相聚集在王侯公卿的堂前,夜晚则到情人的红纱帐下共度春宵。人们追求现世的快乐,世间的一切都一天天更加繁茂,这不光是物质上的奢华,初唐人的情感也一样活泼热烈,且看诗中的名句:"得成比目何辞死,愿作鸳鸯不羡仙。"这样一种强烈真挚的爱情,就像后代《牡丹亭》里唱的一样:"情之所至,生者可以死,死者可以生。"和它比起来,《咏内人昼眠》这样的宫体诗显得多么单薄虚弱。而且和宫体诗的沉迷欲乐不同,《长安古意》在极尽繁华之余,还留有清醒的警戒:"节物风光不相待,桑田碧海须臾改。昔时金阶白玉堂,即今惟见青松在。寂寂寥寥扬子居,年年岁岁一床书。独有南山桂花发,飞来飞去袭人裾。"

和前文的喧闹比起来,《长安古意》的结尾倏然转为冷静,它尽管赞美了那么多春天的节物风光,描摹了那么多贵族的豪奢恣意,结尾处却提醒我们这一切的短暂,消解了人们的狂妄和贪恋,提醒我们宇宙本质的孤独与变化无常。与其说这是作者的说教,不如说这是一种狂热之中的清醒,是面对人生的直觉,是徘徊在浩瀚历史面前所感到的一阵战栗。

初唐人的这种生命直觉,在张若虚的《春江花月夜》里达到了顶峰:"江畔何人初见月?江月何年初照人?人生代代无穷已,江月年年只相似。不知江月待何人,但见长江送流水。"

闻一多在《唐诗杂论·宫体诗的自赎》中点评这几句,说这是"更夐绝的宇宙意识!一个更深沉,更寥廓更宁静的境界!在神奇的永恒前面,作者只有错愕,没有憧憬,没有悲伤"。

《春江花月夜》的旧曲是南朝陈的亡国之君陈叔宝所作,这一株香花生长在醉生梦死的陈朝宫廷里,曾经和《玉树后庭花》这样的靡靡之音一起演奏。《玉树后庭花》作为亡国之音流传了下来,但陈叔宝的《春江花月夜》却失传了,今人说起《春江花月夜》,只会想起张若虚这首天籁一般的仙音。它已然涤荡了宫体诗旧日的堕落和罪孽,被赋予了属于新时代的生命和灵魂。谈起这首诗的分量,闻一多说:"(《春江花月夜》)向前替宫体诗赎清了百年的罪,因此,向后也就和另一个顶峰陈子昂分工合作,清除了盛唐的路——张若虚的功绩是无从估计的。"

初唐的蓬勃新声，在陈子昂的《登幽州台歌》中达到了又一个顶峰：

前不见古人，后不见来者。
念天地之悠悠，独怆然而涕下。

陈子昂意识到，自己正处在继往开来的节点上，他站在历史文化的山峰上俯仰观察，感到悲欣交集：为个人在宇宙中的孤独微末而感到悲伤，又为目睹了宇宙和时间的浩瀚伟大而感动。陈子昂虽然看不到后来的历史，然而他敏锐地预见了一个大时代的来临——盛唐的大幕，即将拉开。

三、盛唐的风华

唐玄宗即位之初，大唐已经经受了几代人的耕耘和滋养，玄宗自己也展现出励精图治的气魄，他在《春中兴庆宫酺宴》的序中写自己所关心的国家大事："所宝者粟，所贵者贤。故以宵旰为怀，黎元在念。"唐玄宗在前人开创的"贞观之治"之上，又创造出更加繁荣鼎盛的"开元盛世"。国力强大、文化繁荣的唐朝吸引了各国前来经商和朝贡，成为傲视天下的雄邦。王昌龄有诗为证：

晋水千庐合，汾桥万国从。
开唐天业盛，入沛圣恩浓。

下辇回三象，题碑任六龙。
睿明悬日月，千岁此时逢。
《驾幸河东》

王小甫教授在《中国历史系列·隋·唐·五代》中论述，唐朝"盛时疆域东至安东府（治今朝鲜平壤），西至安西府（治今新疆库车），南至日南郡（治今越南清化），北至安北府（治今蒙古国哈拉和林）"。这样辽阔的版图，是唐朝军事强大、所向披靡的战果。唐朝天之骄子对战争毫不畏惧，反而将其视为开疆拓土、建功立业的良机，在苍凉的边塞也能苦中作乐，不改豪迈激扬的本色，正是："晓战随金鼓，宵眠抱玉鞍。愿将腰下剑，直为斩楼兰。"（李白《塞下曲》其一）

青海长云暗雪山，孤城遥望玉门关。
黄沙百战穿金甲，不破楼兰终不还。
王昌龄《从军行》其四

出身仕汉羽林郎，初随骠骑战渔阳。
孰知不向边庭苦，纵死犹闻侠骨香。
王维《少年行》其二

盛唐的中国地域辽阔，国家人口几度增长，长安的住户尤其稠密，正是

"万户楼台临渭水,五陵花柳满秦川"(崔颢《渭城少年行》),"武卫千庐合,严扃万户深"(张九龄《和许给事中直夜简诸公》)。当时的社会经济也十分发达,杜甫的《忆昔》其二追忆当时的盛景:"忆昔开元全盛日,小邑犹藏万家室。稻米流脂粟米白,公私仓廪俱丰实。九州道路无豺虎,远行不劳吉日出。齐纨鲁缟车班班,男耕女桑不相失。宫中圣人奏云门,天下朋友皆胶漆。"

当时连年丰收,米价低廉,长安米价最贵也不过一斗二十文,开元年间,公家私家的仓库里都堆满了粮食,经济富裕稳定,人民也得以安居乐业。有了军事和经济上的保障,唐朝社会治安清平,河清海晏,交通也十分便利,商业日益繁荣。杜佑《通典》记载,唐朝的疆域"东至宋、汴,西至岐州,夹路列店肆待客,酒馔丰溢。每店皆有驴赁客乘,倏忽数十里,谓之驿驴。南诣荆、襄,北至太原、范阳,西至蜀川、凉府,皆有店肆,以供商旅。远适数千里,不持寸刃"。当时的社会风气良好,天下人相亲相爱,犹如一家。这种社会图景,几乎达到了《礼记》中描写的"大同"理想:"大道之行也,天下为公,选贤与能,讲信修睦。故人不独亲其亲,不独子其子,使老有所终,壮有所用,幼有所长,矜寡孤独废疾者皆有所养。男有分,女有归。货恶其弃于地也,不必藏于己;力恶其不出于身也,不必为己。是故谋闭而不兴,盗窃乱贼而不作,故外户而不闭"。

唐朝强盛的国力造就了国民飞扬蓬勃的精神面貌,滋养了繁荣的文学,当时从国君到大臣,乃至寒门穷士、山郭野老,且不论好坏,似乎人人都能吟上两句诗,王国维在《宋元戏曲考·序》中说"一代有一代之文学",诗

在唐代就是"一代之文学"。唐玄宗也能作诗,他的诗歌展现出了帝王独有的胸襟抱负,试看他的《野次喜雪》一诗:

> 拂曙辟行宫,寒皋野望通。
> 繁云低远岫,飞雪舞长空。
> 赋象恒依物,萦回屡逐风。
> 为知勤恤意,先此示年丰。

不同于前代宫廷诗作的风花雪月,唐玄宗从漫天飞雪中感受到了丰收的喜悦及帝王的责任,诗的立意也相当朴素高致,与齐梁时代的帝王诗人不可同日而语。

庙堂之上,不仅有明君,还有名相,开元年间的姚崇、宋璟、张说、张九龄等几任宰相,都以正直贤明著称。其中张九龄自己就是一名出色的诗人,他的《望月怀远》堪称咏月一绝:

> 海上生明月,天涯共此时。
> 情人怨遥夜,竟夕起相思。
> 灭烛怜光满,披衣觉露滋。
> 不堪盈手赠,还寝梦佳期。

不仅如此,张九龄还提拔了一众著名的诗人。孟浩然以一首《临洞庭湖赠张丞相》见知于张九龄：

八月湖水平，涵虚混太清。
气蒸云梦泽，波撼岳阳城。
欲济无舟楫，端居耻圣明。
坐观垂钓者，徒有羡鱼情。

  这真是一个奋发有为的时代，即使暂时没有一官半职的年轻人，只要能写得一手好诗，就不会永无出头之日。因此，他们身在江湖，心存魏阙，[4]连孟浩然这样以隐逸闲散著称的人，平时号称"红颜弃轩冕，白首卧松云。醉月频中圣，迷花不事君"（李白《赠孟浩然》），然而眼观水天浩瀚之景，深感生逢盛世的责任感，也不免生出纵横沧海之志。

  而以寄情山水田园、虔心事佛著称的王维，早年也曾献诗给张九龄："侧闻大君子，安问党与仇。所不卖公器，动为苍生谋。"（《献始兴公》）钟惺在《唐诗归》里评论说："不读此等诗，不知右丞胸中有激烈悲愤处。"这是王维的另一面，他虽然以"独坐幽篁里，弹琴复长啸"（《竹里馆》）一类的诗著称，却也写过许多壮怀激烈的边塞诗，像"风劲角弓鸣，将军猎渭城。草枯鹰眼疾，雪尽马蹄轻。忽过新丰市，还归细柳营。回看射雕处，千里暮云平"（《观猎》），"腰间宝剑七星文，臂上雕弓百战勋。见说云中擒黠虏，始知天上有将军"（《赠裴旻将军》），更不必说那句苍凉壮阔的"大漠孤烟直，长河落日

[4] 典出自《庄子·让王》："身在江海之上，心居乎魏阙之下。"

圆"(《使至塞上》)。不独王维一个,这种用世有为的志向几乎是盛唐的读书人所共有的。

在这样一个诗的国度里,诗坛高手如林,其中耸立着两座并峙的高峰:诗仙李白和诗圣杜甫。他们被称为唐诗灿烂星空里最耀眼的"双子星"。

李白有着飞扬恣肆的文采、雄奇烂漫的想象力,他的诗最契合当时的审美趣味,而他本人狂放的性格、高度的自信,也经常被人们当作盛唐精神的人格化——"天生我材必有用,千金散尽还复来"(《将进酒》),"安能摧眉折腰事权贵,使我不得开心颜"(《梦游天姥吟留别》),"仰天大笑出门去,我辈岂是蓬蒿人"(《南陵别儿童入京》),这种豪迈洒脱、放诞傲岸的性格,也只有在盛唐才显得最合时宜。今人余光中这么形容他:"酒入豪肠,七分酿成了月光/余下的三分啸成剑气/绣口一吐就半个盛唐"(《寻李白》)。

李白在当时就已经名满天下,比他小十一岁的杜甫就是他的崇拜者之一,杜甫说李白:"秋来相顾尚飘蓬,未就丹砂愧葛洪。痛饮狂歌空度日,飞扬跋扈为谁雄?"(《赠李白》)"昔年有狂客,号尔谪仙人。笔落惊风雨,诗成泣鬼神。"(《寄李十二白二十韵》)"李白斗酒诗百篇,长安市上酒家眠。天子呼来不上船,自称臣是酒中仙。"(《饮中八仙歌》)

李白生逢盛世,又有着不世出的才华,他的心气志向是极高的:"我志在删述,垂辉映千春。希圣如有立,绝笔于获麟。"[5](《古风》)

---

5 此处用孔子的典故。孔安国《尚书序》:"先君孔子,生于周末,睹史籍之烦文,惧览之者不一,遂乃定礼乐,明旧章,删《诗》为三百篇,约史记而修《春秋》,赞《易》道以黜《八索》,述职方以除《九丘》。"又《春秋》哀公十四年春天,提到"西狩获麟",孔子认为其所出非时,为之落泪,并叹息道:"吾道穷矣。"李白此处以孔子自比,吐露出不到"获麟"不辍笔的豪言。

"如逢渭水猎,犹可帝王师。"(《赠钱徵君少阳》)他拿孔子作为人生榜样,希望可以领袖文坛,做"帝王师"[6],成为彪炳千古的圣贤,又或者是"但用东山谢安石,为君谈笑静胡沙"[7](《永王东巡歌》其二),运筹帷幄之中,决胜千里之外。

李白凭借自己的诗名,在长安结识了许多名家望族。比如贺知章读了他的《蜀道难》《乌栖曲》,惊诧地称他为"谪仙人"。通过这些人的举荐,唐玄宗也读到了李白的诗,并大为赞叹,皇帝亲自降辇步迎,召他入宫,"以七宝床赐食于前,亲手调羹"。这礼节不可谓不隆重,而玄宗对于李白的诗才究竟有多么看重呢?唐人李浚在《松窗杂录》中记载,唐玄宗一日与杨贵妃同赏牡丹花,如此良辰,岂可缺了歌舞伎乐?旧日的曲辞早已听得腻味,唐玄宗让李龟年持金花笺宣赐翰林学士李白,请他写三章《清平调》词。李白宿醉犹未解,带着三分朦胧酒意援笔立就:

其一
云想衣裳花想容,春风拂槛露华浓。
若非群玉山头见,会向瑶台月下逢。

其二
一枝红艳露凝香,云雨巫山枉断肠。
借问汉宫谁得似,可怜飞燕倚新妆。

---

6 此处用姜子牙垂钓渭水、受知于周文王的典故。
7 此处用谢安指挥淝水之战时的典故。《世说新语·雅量》:"谢公与人围棋,俄而谢玄淮上信至。看书竟,默然无言,徐向局。客问淮上利害,答曰:'小儿辈大破贼。'意色举止,不异于常。"

家国情怀　忆昔开元全盛日

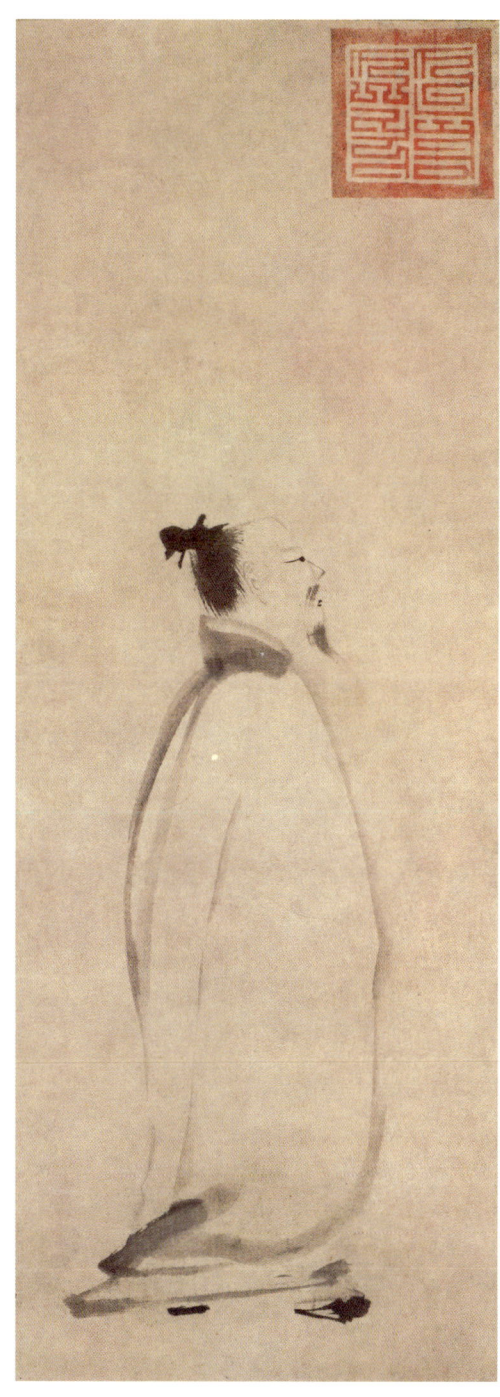

〔宋〕梁楷　《李白行吟图》

其三
名花倾国两相欢，常得君王带笑看。
解释春风无限恨，沉香亭北倚栏杆。

这几首诗绮艳无匹、春风满纸，与杨贵妃的倾世绝色相称，但它和李白当初的理想抱负比起来，不得不令人感到遗憾。唐玄宗给李白的待遇虽然丰厚，却没有把李白当成治世之才来委以重任，只是令他在御驾前后做侍从，舞文弄墨，夸饰太平，说到底，不过是把他当作一个出色的御用文人。宫廷里的文人嫉妒李白的得宠，但李白却何尝为此感到得意？杜甫为他鸣不平："冠盖满京华，斯人独憔悴。"（《梦李白》）李白自己也悲哀地叹息道："报国有壮心，龙颜不回眷。"（《江夏寄汉阳辅录事》）"珠玉买歌笑，糟糠养贤才。"（《古风》）这话并不是单纯的牢骚——当时的唐玄宗久享太平，早年的进取精神消磨殆尽，每日只知与杨贵妃饮酒作乐，在他心里，各种国家大事都已被安排得尽善尽美，大江南北"野无遗贤"，国家没有什么值得操心的事情，世上也没有一个失落的贤才。

这并不是李白一人的遭遇，他至少还在君王面前放诞恣肆过一段时日，相比于年轻的杜甫已经幸运许多。早年的杜甫也有过浪漫的壮游岁月，他在齐赵之间经历过裘马轻狂的游猎："春歌丛台上，冬猎青丘旁。呼鹰皂枥林，逐兽云雪冈。射飞曾纵鞚，引臂落鹙鸧。"（《壮游》）又在泰山之巅抒发过"会当凌绝顶，一览众山小"（《望岳》）的豪情。当年，他也像李白一样洒脱，富于激情和理想，但也有一点不同，李白似乎更痴迷于修仙练道，他笑"尧舜之事不足惊"(《怀仙歌》),而杜甫则是一个纯粹的儒者,他要"致君尧舜上"(《奉赠韦丞丈二十二韵》)。闻一多在《唐诗杂论·杜甫》中说:"这时的子美,是生命的焦点,正午的日曜,是力,是热,是锋棱,是夺目的光芒。"他当年写的《房兵曹胡马》和《画鹰》,都是他自己的写照:

> 胡马大宛名,锋棱瘦骨成。
> 竹批双耳峻,风入四蹄轻。
> 所向无空阔,真堪托死生。
> 骁腾有如此,万里可横行。
>
> 《房兵曹胡马》

> 素练风霜起,苍鹰画作殊。
> 㧐身思狡兔,侧目似愁胡。
> 绦镟光堪擿,轩楹势可呼。
> 何当击凡鸟,毛血洒平芜。
>
> 《画鹰》

这是杜甫平生最快意的时光,可惜这样的时间飞快地过去了,闻一多在《唐诗杂论·杜甫》中又说"那期间是他命运中的朝曦,也是夕照,那几年的经历是射到他生命上的最始和最末的一道金辉",从此以后,世道一天天混乱,他的生活也一天天潦倒——杜甫曾经想通过科举进仕,但当时的宰相已经不是惜才的张九龄,而是有"口蜜腹剑"之称的李林甫。唐玄宗曾经下诏采选天下士子,李林甫为了自己的官位不受威胁,先是假意地进行了一番甄选考试,而后一人不取,反而对玄宗道喜说:"民间再也没有遗漏的人才了。"杜甫满怀希望地参加了考试,结果一无所获。杜甫没有放弃,他又趁玄宗在天宝十载(751)祭祀天地的机会,献上三篇大礼赋,这一回终于令皇帝青眼相看,命令他在集贤院听候选用,但此时的主事者仍然是李林甫,杜甫的仕途又一次成了泡影。

在困居长安的这段岁月里,杜甫"朝叩富儿门,暮随肥马尘。残杯与冷炙,到处潜悲辛"(《奉赠韦左丞丈二十二韵》)。他目睹了繁荣之下的浊流,以一首充满悲怆愤慨的《自京赴奉先县咏怀五百字》,揭露了"盛世"锦袍之下的疮疤:当时的贫富差距已经悬殊,富贵人家是"中堂舞神仙,烟雾蒙玉质。暖客貂鼠裘,悲管逐清瑟。劝客驼蹄羹,霜橙压香橘",犹如天上人间,但盛景的另一面却是强烈的反差:"朱门酒肉臭,路有冻死骨。"富家与贫家的生活判若云泥。因为长年贫穷困窘,杜甫的小儿子夭折了:"入门闻号咷,幼子饿已卒。吾宁舍一哀,里巷亦呜咽。所愧为人父,无食致夭折。"在歌舞升平的盛世里,还会发生饿死人的惨剧。杜甫出身仕宦之家,可以免除租税徭役,"生常免租税,名不隶征伐",他的生活尚且如此艰难困顿,那些普通老百姓的处境就可想而知。

盛唐的神话在此时已经露出了裂痕,繁荣富贵的表象掩盖着百姓的普遍贫穷,安禄山表面上讨好唐玄宗和杨贵妃,背地里却在范阳厉兵秣马、高筑城墙,包藏着反叛之心。在朝廷内外,种种流言蜚语已经甚嚣尘上,只是唐玄宗久享太平，思想麻痹，仍然毫无警惕防备之心。天宝十一载（752），杜甫与高适、岑参、储光羲、薛据几位大诗人同游登塔，杜甫写下了一首《同诸公登慈恩寺塔》：

> 高标跨苍穹，烈风无时休。
> 自非旷士怀，登兹翻百忧。
> 方知象教力，足可追冥搜。
> 仰穿龙蛇窟，始出枝撑幽。
> 七星在北户，河汉声西流。
> 羲和鞭白日，少昊行清秋。
> 秦山忽破碎，泾渭不可求。
> 俯视但一气，焉能辨皇州？
> 回首叫虞舜，苍梧云正愁。
> 惜哉瑶池饮，日晏昆仑丘。
> 黄鹄去不息，哀鸣何所投？
> 君看随阳雁，各有稻粱谋。

这首登高望远的诗，和杜甫早年的《望岳》比起来，颇有值得玩味的地方。在杜甫还年少，玄宗也还勤政有为的时代，他眼中的世界是造化钟神秀，一览众山小，满怀着舍我其谁的气魄。而此时的世界则越发浑浊模糊起来："秦山忽破碎"，在古人眼里是君王失道的象征；"泾渭不可求"，泾

诗说中国　家国卷

家国情怀　忆昔开元全盛日

〔唐〕张萱　《虢国夫人游春图》（局部）

河清,渭水浊,本来是很分明的,但此时也显得难以分辨,就像这个清浊不明的世道一般。

和杜甫同行的诗人并没有显露出这样的忧虑,他们写了一组咏同诸公登慈恩寺塔的诗,高适写的是"香界泯群有,浮图岂诸相"(《同诸公登慈恩寺浮图》),储光羲是"俯仰宇宙空,庶随了义归"(《同诸公登慈恩寺塔》),岑参是"净理了可悟,胜因夙所宗"(《与高延薛据同登慈恩寺浮图》),众人谈论佛道、游兴颇佳,只有杜甫的思绪显得沉重,他似乎没有受到佛门清净之地的抚慰,而看到了大乱来临的征兆——此时离安史之乱只有三年了。浦起龙在《读杜心解》中点评杜甫这首诗,说:"乱源已兆,忧患填胸,触境即动。只一凭眺间,觉山河无恙,尘昏满目。"

杜甫比同代诗人伟大之处,正在于这种卓越的远见。早在安史之乱爆发之前,杜甫的诗歌中已经透出了忧患的味道,像《丽人行》写杨氏姐妹娇艳豪华,杨国忠权势熏天:"三月三日天气新,长安水边多丽人。态浓意远淑且真,肌理细腻骨肉匀。……杨花雪落覆白蘋,青鸟飞去衔红巾。炙手可热势绝伦,慎莫近前丞相嗔。"还有《兵车行》讽刺天宝十载对南诏用兵:"边庭流血成海水,武皇开边意未已。"杜诗对时事的敏锐,下笔的辛辣大胆,都是时人罕见的。

可惜的是,唐玄宗的耳目早已被声色所迷,无法看见"盛世"之下潜伏的危机。当安禄山谋反的消息传来,不仅朝野震惊,整个盛唐的诗人们也陷入了张皇错愕的失语状态,只有杜甫早已完成了社会生活和艺术表现上的积累,因此,也只有他的作品能够展现大乱世的面貌,堪称"诗史"。杜甫有比其他盛唐诗人更广阔的社会视野，他不断探索千变万化的诗歌风格，胡应麟在《诗薮·内编》中说："盛唐一味秀丽雄浑。杜则精粗、巨细、巧拙、新陈、险易、浅深、浓淡、肥瘦，靡不毕具，参其格调，实与盛唐大别，其能荟萃前人在此，滥觞后世亦在此。"

因此，杜甫虽然被归类到盛唐诗人的队伍里，但实际上他已经走出了盛唐，这种超前性使得他的官职和诗名都姗姗来迟。但越到后世，人们就越能理解杜甫的深刻伟大之处，像王安石曾说："所以见公像，再拜涕泗流。推公之心古亦少，愿起公死从之游。"（《杜甫画像》）陆游也为杜甫的遭遇而不平："看渠胸次隘宇宙，惜哉千万不一施！空回英概入笔墨，生民清庙非唐诗。向令天开太宗业，马周遇合非公谁[8]？后世但作诗人看，使我抚几空嗟咨！"（《读杜诗》）

四、中唐诗的沉吟

天宝末年的大乱成为大唐国运的转折点，唐诗的风味也随之一变。说到中唐的诗，有一种传统说法是"诗到中唐，气骨顿衰"。所谓"气骨"，指的是诗歌的情绪思想、胸襟气度。似乎诗到中唐，顿时就带上了一种中年的味道，不复盛唐时候的豪迈昂扬、意气风发。其实，诗歌的气象与国家的气象是息息相关的，盛唐诗歌那种汪洋恣肆的风貌，背后是强盛的国力和清平的政治环境在支撑。在那个时候，有才华的人总不会被埋没太久，天地之大，总能找到用武之地。因此，人人都有一种无所

[8] 此处用初唐马周的典故。马周是唐太宗时期名臣，早年孤贫，然而因办事周密又善于言辞，得到唐太宗的赏识重用。马周去世后，唐太宗令其陪葬昭陵。

畏惧的气魄，对社会人生也总是抱有理想和信念。

但一场安史之乱惊破了盛唐的霓裳羽衣曲，它不仅打碎了唐朝开国以来百余年的太平，给国家和百姓带来了巨大伤害，还深刻地改变了人们的心态和情绪，给唐人原先满溢的自信笼上了阴影。拿现代社会类比，一场"9·11"事件就能震动整个美国的社会心理，使得第一大国的骄傲乐观不复往昔，我们可以想象，唐朝那一场颠倒乾坤的大动乱令当时的人们受到了怎样的震惊。

因此，即使不是直接描写社会现实的诗，也会被大环境的情绪所沾染。同是题咏暮春的诗，盛唐孟浩然的《春晓》是："春眠不觉晓，处处闻啼鸟。夜来风雨声，花落知多少。"尽管有惜花之心，但春意犹浓，晓来雨过天晴，莺燕呢哝，整首诗节奏轻快，给人一种活泼烂漫、天真娇憨之感，而中唐韦应物的《滁州西涧》是："独怜幽草涧边生，上有黄鹂深树鸣。春潮带雨晚来急，野渡无人舟自横。"如果说前一首是少年不识愁滋味的轻甜，后一首就弥漫着饱经世事沧桑、悲欢离合总无情的萧瑟味道。

再拿送别诗来看，初唐人是"海内存知己，天涯若比邻。无为在歧路，儿女共沾巾"（王勃《送杜少府之任蜀州》），而盛唐的人是"莫愁前路无知己，天下谁人不识君"（高适《别董大》），"洛阳亲友如相问，一片冰心在玉壶"（王昌龄《芙蓉楼送辛渐》）。即便离别就在眼下，难免忧伤感怀，他们也是惆怅之中有劝勉，不舍之中有安慰："渭城朝雨浥轻尘，客舍青青柳色新"（王维《送元二使安西》），"风吹柳花满店香，吴姬压酒唤客尝"（李白《金陵酒肆留别》），"桃花潭水深千尺，不及汪伦送我情"

（李白《赠汪伦》）。

对于初唐和盛唐的人来说，告别是为了追求新的前程。他们或是奔向边塞去杀敌建功，或是带着自己的诗游历京都，期待一举成名天下知。那时候，人人都期待着远方，对于未来充满了希望。而中唐以后，这种梦想破碎了大半，国家满目疮痍，人们为了生计疲于奔忙，为茫茫不可知的明天而忧虑，在送别亲友时，这种对现实的忧患感也加重了诗人的忧心：

> 去年花里逢君别，今日花开已一年。
> 世事茫茫难自料，春愁黯黯独成眠。
> 身多疾病思田里，邑有流亡愧俸钱。
> 闻道欲来相问讯，西楼望月几回圆。
>
> 韦应物《寄李儋元锡》

离别本来是两位友人之间的事，但此时也被时局的大环境所影响。"身多疾病思田里，邑有流亡愧俸钱"，原先应该在田里耕种的农民被战争和赋税徭役所逼迫，成了流离失所的难民。对国家的忧虑成为压在韦应物心头的一块巨石，与病魔一起折磨着他的身体，他的国家又何尝不是多疾多灾呢？处在这样的社会之中，自己的将来尚且难以预料，远在他乡的友人就更令人担忧了。

韦应物的担忧并不是多余的，实际上，中唐的社会现实使每一个清醒的人都感到忧虑：藩镇割据，宦官专权，赋税沉重，官吏盘剥，天灾频仍……

"内忧外患"正是中唐社会的写照。因此,中唐的诗歌里有许多反映社会问题、关心民生疾苦的名作。像王建的《当窗织》:

> 叹息复叹息,园中有枣行人食。
> 贫家女为富家织,翁母隔墙不得力。
> 水寒手涩丝脆断,续来续去心肠烂。
> 草虫促促机下啼,两日催成一匹半。
> 输官上顶有零落,姑未得衣身不著。
> 当窗却羡青楼倡,十指不动衣盈箱。

耕者不得食、织者不得衣的情况,在当时的社会中非常普遍,诗里的织女在严寒的天气里劳作,十指被冰冷的水冻僵,蚕丝又脆弱易断,而她两天就要织成一匹布,交了官府的税,剩下的还不够给婆婆做一件完整的衣服。这样繁重的劳动、艰苦的环境,使得良家女子竟然羡慕起往常被社会所不齿的青楼女子:她们十指不拈针,衣箱里却有穿不完的绫罗绸缎。这种"羡慕"虽说和主流的观念相悖逆,却令人不能不同情。《管子》说"仓廪实而知礼节,衣食足而知荣辱",而在这种恶劣的生存条件下,所有的美德都成了奢谈,贫家女这一丝没有说出口的动摇,正说明整个社会逼良为娼的悲哀。

中唐时民生的艰难,和当时统治者的搜刮无度有着很大的关系。白居易写过一首《杜陵叟》,是当时社会的写照:

杜陵叟，杜陵居，岁种薄田一顷余。
三月无雨旱风起，麦苗不秀多黄死。
九月降霜秋早寒，禾穗未熟皆青干。
长吏明知不申破，急敛暴征求考课。
典桑卖地纳官租，明年衣食将何如？
剥我身上帛，夺我口中粟。
虐人害物即豺狼，何必钩爪锯牙食人肉？
不知何人奏皇帝，帝心恻隐知人弊。
白麻纸上书德音，京畿尽放今年税。
昨日里胥方到门，手持尺牒榜乡村。
十家租税九家毕，虚受吾君蠲免恩。

　　唐宪宗元和三年（808）春，天下大旱，农民种下的禾苗多半焦渴而死，九月又遇秋霜早降，禾穗还没生长饱满就干浆了。这一年天灾频发，庄稼歉收，但地方官为了自己的业绩，都隐瞒灾情，只知催逼租税，不顾农民的死活。当时白居易担任左拾遗，他的职责是"补察时政""裨补时阙"，负责指正朝廷政策的疏失。白居易目睹这样的情形，上书力陈民生疾苦，请求朝廷减免租税，救民于水火。唐宪宗批准了白居易的奏请，还下了一道"罪己诏"反省自己的过失。但正所谓"上有政策，下有对策"，那些只图升迁的地方官员阳奉阴违，故意对减租的事拖延不办，等朝廷的诏书下到乡村，农民的租税早已收完十分之九，"减租"的政策成了一纸空文。

自然界的灾害给农民带来了巨大的伤害，但对达官贵人的奢侈享受并没有丝毫影响，尤其是朝中的宦官，他们的权力在中唐以后越发膨胀，朱绂紫绶在握，掌管着军权和政权。白居易的《秦中吟·轻肥》一诗，就揭露了这些人在灾荒年份的奢靡生活：

> 意气骄满路，鞍马光照尘。
> 借问何为者，人称是内臣。
> 朱绂皆大夫，紫绶悉将军。
> 夸赴军中宴，走马去如云。
> 樽罍溢九酝，水陆罗八珍。
> 果擘洞庭橘，脍切天池鳞。
> 食饱心自若，酒酣气益振。
> 是岁江南旱，衢州人食人！

这些原本负责照料皇帝饮食起居的宦官，权力膨胀到了人人侧目的地步。早在唐玄宗的时候，就有著名的大宦官高力士，原本身为寿王妃的杨玉环就是在他的"举荐"下成为玄宗的贵妃。高力士之后，又有李辅国、程元振、鱼朝恩几个大宦官，他们由于和皇帝亲近，可以"手握王爵，口含天宪"，得到了发号施令的权力。其中的李辅国亲自参与"马嵬坡之变"，逼死杨国忠、杨玉环兄妹，并且带走了玄宗的一部分军队，令他退位称太上皇。李辅国拥戴唐肃宗即位有功，被擢升为太子家令，判元帅府行军司马，掌管了四方奏章和御前符印军号，权倾朝野。中唐以后，这些宦官的势力更与藩镇势力相勾结，连皇帝也无力约束他们，到了晚唐，宦官甚至可以主宰皇帝的废立生杀，权力达到了巅峰。像白居易这样凭借科举进仕的官员，在国家大事上几乎没有一席之地，他目睹宦官种种骄横的行径、奢靡的生活，怎能不感到愤慨？一边是宦官醉饱山珍海味，另一边则是江南大旱，灾区"人食人"。天灾人祸之下，国家怎能不衰败？

白居易写了许多这样反映民生疾苦的诗，可惜并没有真正令皇帝警醒。忠言进谏怎能比宦官的甜言蜜语更动听？白居易在《与元九书》中说："凡闻仆《贺雨》诗，而众口籍籍，已谓非宜矣；闻仆《哭孔戡》诗，众面脉脉，尽不悦矣；闻《秦中吟》，则权豪贵近者相目而变色矣；闻《乐游园》寄足下诗，则执政柄者扼腕矣；闻《宿紫阁村》诗，则握军要者切齿矣。"

白居易的忠言招来了当权者的嫉恨，因为宦官和藩王的势力已经织成了一张恢恢巨网，将整个国家笼罩在其中，即使有士人不甘心看着国家就此腐朽堕落——像王叔文等人曾经主持过"永贞革新"，试图削夺宦官和藩镇的权力，但最终还是因为敌众我寡而失败了。强大的黑暗势力吞噬了朝中正直的声音，使得唐王朝失去了革故鼎新的可能，这个曾经如日中天的大帝国，也终于成了西沉的血色斜阳。

五、晚唐的哀艳

晚唐社会可谓是内外交困：国境以外，回鹘、吐蕃的军队乘虚而入；国境之内，各路藩镇早已不受朝廷的管辖，互相割据对峙；在朝廷之内，宦官权势滔天，他们掌管禁军，连皇帝的生杀废立都可以操纵。在大和九年（835），年轻的唐文宗不甘心受制于宦官，和李训、郑注密谋诛杀宦官头目仇士良，结果谋划泄露，文宗被软禁，朝中大臣遭到了血腥的大清洗，史称"甘露之变"。从此以后，国家"中兴"的希望破灭了，像中唐白居易那种呼吁变革、"不平则鸣"的锐气，也被惨淡的现实磨灭了。

在这种环境下，晚唐诗人面对着即将天崩地陷的危机，每个人都感到压抑和迷茫。胡应麟在《诗薮》中说，温庭筠的"鸡声茅店月，人迹板桥霜"正是晚唐气象的表征。"山雨欲来风满楼"（许浑《咸阳城东楼》）成了晚唐士人们共通的感情基调。他们无法割舍自己对国家的责任，为不可挽回的时局感到痛心，但大势如此，无力回天，这种伤感抑郁的情绪在诗坛上蔓延，同时又有人不甘就此沉沦，渴望能够只手补天，挽狂澜于既倒。

这种矛盾的心情，时常投射在他们的诗里。杜牧流连烟花柳巷，"落魄江湖载酒行，楚腰纤细掌中轻。十年一觉扬州梦，赢得青楼薄幸名"（《遣怀》），话虽说得轻薄，内里又何尝没有虚度年华、浪掷光阴的悔恨。这种追悔并不是虚伪的，杜牧出身名门，祖父是名相杜佑，父亲杜从郁官至驾部员外郎，他受家庭的影响，也很早怀有济世之心。杜牧在诗里总结平生志向，说自己"平生五色线，愿补舜衣裳"（《郡斋独酌》），"常思抡群材，一为国家治"（《送沈处士赴苏州，李中丞招以诗赠行》）。但杜牧不幸生在了唐朝的末年，朝廷上朋党倾轧、吏治黑暗，而杜牧这样出身高贵又自恃天才的人，怎肯去折腰攀附？他个人的才能和抱负遭遇了现实的打击，一生报国无门，壮志难酬，《石园诗话》说："史称杜牧之自负才略，喜论兵事，拟致位公辅，以时无右援者，快快不平而终。"

从杜牧的诗文就能看出他的政治理想，一篇《阿房宫赋》洋洋洒洒，气势不凡，历数秦朝从睥睨天下到轰然崩塌的教训，意在规谏唐朝的统治者以史为镜，勿将宫室声色凌驾于国家人民之上，他还写过《罪言》《战论》《守论》《原十六卫》等文章，纵论时局弊政，研究整治藩镇割据的策略。杜牧对晚唐民众的苦难也有很深的感触，他的《早雁》一诗，表面上是写离群孤雁，实则寄托了对人民饱经离乱的同情：

金河秋半虏弦开，云外惊飞四散哀。
仙掌月明孤影过，长门灯暗数声来。
须知胡骑纷纷在，岂逐春风一一回。
莫厌潇湘少人处，水多菰米岸莓苔。

这首诗写于唐武宗会昌二年（842）八月，彼时，北方的回鹘乌介可汗铁蹄南下，侵扰边境，劫掠民众，边境的人民得不到国家军队的庇护，只能抛家弃业，纷纷逃亡。远在黄州的杜牧闻听此事，很为那些孤苦无依的劳苦大众担忧，因此以大雁为喻，写胡虏引弓搭箭，惊散了云外的雁群，残冬已尽，大雁本应向北归去，但北方战乱频发，失群的孤雁又怎能和春风一同回归故里？对于这些离散的孤雁，诗人只得婉言劝慰：虽然眼下的潇湘之地清冷少人，也不妨暂且安居，这里盛产菰米莓苔，也能够聊以充饥。

他渴望为国家兴利除弊,可惜他的才华并不能为统治者所用。他在诗中也常常流露出对"肉食者鄙"的尖锐讽刺,如《泊秦淮》中的"商女不知亡国恨,隔江犹唱后庭花",表面是说秦淮河上的歌女不知亡国恨,实际是讥讽到此寻欢作乐的贵人,他们对国家的命运麻木不仁,还让歌女们演唱象征着亡国的《玉树后庭花》。国之将亡,尚且如此浑浑噩噩,既无警惕,又无廉耻,怎不令有心救国的人感到痛心?

杜牧的忧患意识和个人抱负,在无可作为的现实中无处安放,只有通过诗歌来纾解。他的《将赴吴兴登乐游原》吐露了自己曲折矛盾的心思:

清时有味是无能，闲爱孤云静爱僧。

欲把一麾江海去，乐游原上望昭陵。

他看上去已经接受了闲散淡泊的生活，还有几分学佛的雅兴，然而末尾一句"乐游原上望昭陵"使得格调突变，道出了他真实的挣扎。清人张文荪的《唐贤清雅集》评论说："昭陵为唐创业守成英主，后世子孙陵夷不振，故牧之于去国时登高寄慨，词意浑含，得风人遗意。"当屡经现实打击的杜牧几乎想要放下对仕途的追求，去江海之上度过一个平静的余生之时，他登

〔清〕袁江 《阿房宫赋十二通条屏》

上了乐游原，看到了远处的昭陵，当年文治武功、万民敬仰的唐太宗在这里长眠，而他开创的基业还在外面的世界延续着。杜牧仍然无法抛下这段光华灿烂的历史记忆，初唐年间骄傲进取的热血还在他的身体里激荡。这使得他进仕不得又不忍退舍，只能在乐游原上徘徊踟蹰，目送西沉的太阳为昭陵镀上最后一道金光。

同样是写游乐游原，李商隐的名句"夕阳无限好，只是近黄昏"（《登乐游原》），则像是给垂暮的大唐王朝写下的挽歌。它曾经有过辉煌灿烂的过去，但往事俱已成烟，不论人们多么怀恋它旧日的荣耀，也不得不目送它走过生命的最后一程。同样生于风雨飘摇的晚唐，李商隐怀着末世的苦闷与彷徨，命运也十分坎坷。当时朝中的"牛李党争"十分激烈，以牛僧孺为首的"牛党"与以李德裕为首的"李党"互相倾轧，连文宗皇帝也无法遏制，只好感叹"去河北贼易，去朝中朋党难"（《资治通鉴·唐纪六十一》）。李商隐在党争的旋涡下挣扎求存，令人叹惋。

李商隐少有才名，"五年诵经书，七年弄笔砚"（《上崔华州书》），受到白居易、令狐楚等前辈的赏识。退休在家的白居易读了他的文章，甚至欣喜地说："我死后，得为尔儿足矣。"能得到这样高的评价，李商隐也称得上是"雏凤清于老凤声"（《韩冬郎即席为诗相送因成二绝》）了。

李商隐这一只雏凤，却没来得及在晚唐的风雨中展翼。当时的科举考场黑幕重重，没有权势背景的考生几乎没有中举的可能，那些希望改变黑暗现实的正直士子更会遭到打压，李商隐无权势可依，自然屡试屡败。直到他受"牛党"令狐楚父子的举荐，才终于进士及第。他本以为终于熬到了出头之日，不承想令狐楚在当年就去世。次年，李商隐又到属于"李党"的王茂元的帐下当幕僚，王茂元爱惜他的才华，把自己的女儿嫁给李商隐为妻。这场婚姻又使得李商隐卷入了党争的旋涡，令狐楚之子令狐绹认为李商隐忘恩负义，"牛党"指责他"诡薄无行""放利偷合"，而"李党"也不把他当作自己人，认为他"轻薄无操"。李商隐在进士及第后第二年，继续应试博学鸿词科，然而在复审时被人以"此人不堪"的理由从中举名单中抹去。此后，李商隐几度求仕，也都铩羽而归，一生仰人鼻息，沉沦下僚，郁郁而终。

李商隐在《安定城楼》一诗里抒发了自己的嗟叹：

迢递高城百尺楼，绿杨枝外尽汀洲。
贾生年少虚垂涕，王粲春来更远游。
永忆江湖归白发，欲回天地入扁舟。
不知腐鼠成滋味，猜意鹓雏竟未休。

他本有志于效法汉初的贾谊，匡扶国家政事，挽救江河日下的晚唐。结果却被小人猜忌，就像鸱鸮口衔腐鼠，却唯恐天上飞过的鹓雏要与它夺食。

官场的猜忌和排挤耗尽了李商隐年轻的生命，他少年早慧，却不幸生于末世，一腔才华抱负付诸东流，这种"夭折"意识时常在他的诗歌里含蓄地流露，他在一首《无题》诗中写道：

八岁偷照镜，长眉已能画。
　　十岁去踏青，芙蓉作裙衩。
　　十二学弹筝，银甲不曾卸。
　　十四藏六亲，悬知犹未嫁。
　　十五泣春风，背面秋千下。

少女才色兼具，然而不得良媒，春思无可诉说，只得背泣秋千，正如李商隐"五岁诵经书"，然而困于人海风波，毕生不遇。这使李商隐抱恨终生，他在《初食笋呈座中》一诗中也抒写了相似的感受：

　　嫩箨香苞初出林，於陵论价重如金。
　　皇都陆海应无数，忍剪凌云一寸心？

在宴席中，一盘时鲜的春笋被端到李商隐的案前。它引起了李商隐的身世之感：春天的竹笋破土而出，本来期待着长成凌云千尺的修竹，谁知不出几日就横遭摧折，被当成新鲜食材放到市场上叫卖。李商隐叹惋道：人们的餐桌上已经如此丰富——地上跑的、水里游的，无所不有，何必要残忍地扼杀这些初生的嫩笋，使它们的凌云之志夭折在萌芽之中呢？李商隐以竹笋自况的心思不言而喻，他空有"嫩箨香苞"一样的美好品质，怀着凌云九天的志向，却因为党争的风波永远失去了成材的良机。这种年少夭殁、理想破灭的意象时常见于李商隐的诗中，他看到牡丹花因雨打而凋零，为之叹息道：

"浪笑榴花不及春,先期零落更愁人。"(《回中牡丹为雨所败》其二)见梅花深秋早开,也伤感它生不逢时,为霜雪所摧:"为谁成早秀?不待作年芳。"(《十一月中旬至扶风界见梅花》)

友人崔珏《哭李商隐》一诗评价他:"虚负凌云万丈才,一生襟抱未曾开。"作为一个生长在末世王朝的青年才俊,李商隐将诗歌写得哀婉凄艳、如泣如诉,大时代的浪潮和他的气质遭遇相结合,赋予李商隐的诗歌一种独特的迷茫伤感气质。元好问评论李商隐的诗,说道:"望帝春心托杜鹃,佳人锦瑟怨华年。诗家总爱西昆好,只恨无人作郑笺。"(《论诗绝句》其十二)人人都爱读李商隐的诗,只恨他常有晦涩朦胧之句,没有人能够为之做注解。李商隐诗那种欲说还休、难以明言的伤感,其实正是整个时代悲剧的缩影:

> 望断平时翠辇过,空闻子夜鬼悲歌。
> 金舆不返倾城色,玉殿犹分下苑波。
> 死忆华亭闻唳鹤[9],老忧王室泣铜驼[10]。
> 天荒地变心虽折,若比伤春意未多。

《曲江》

曲江在长安城的郊外,是唐时的游春胜地,见证了唐朝的兴衰起落。杜甫也曾写过曲江:"忆昔霓旌下南苑,苑中万物生颜色。昭阳殿里第一人,同辇随君

---

[9] 此处用西晋时陆机的典故。陆机因受馋被杀,临刑前发出追悔的感叹:"欲闻华亭鹤唳,可复得乎!"(见《世说新语·尤悔》)

[10] 此处用西晋时索靖预感大乱将至的典故:"惠帝即位,赐爵关内侯。靖有先识远量,知天下将乱,指洛阳宫门铜驼,叹曰:'会见汝在荆棘中耳!'"(见《晋书·索靖传》)

侍君侧。辇前才人带弓箭,白马嚼啮黄金勒。翻身向天仰射云,一箭正坠双飞翼。"(《哀江头》)那是唐朝正繁荣鼎盛的时刻,春天的细柳新蒲焕发出鲜嫩的光泽,江滨游人如织,皇家的彩旗仪仗簇拥着昭阳殿里的美人,而今这一切都已消失不见——先有"马嵬之变",杨贵妃"宛转蛾眉马前死"(白居易《长恨歌》),"明眸皓齿今何在?血污游魂归不得"(杜甫《哀江头》),后有"甘露之变",唐文宗的杨贤妃被宦官仇士良赐死,更是"流血千门,僵尸万计"(《资治通鉴·唐文宗开成元年》)。唐宫几度惊变,血光染红了帷帐,昔日国色皆已香消玉殒,皇家的翠辇也不再经过,曲江两岸唯余满目荒凉、鬼魂夜哭。盛世不常,盛筵难再,今昔对比之下,怎不令人黯然伤怀?

　　李商隐诗的感人之处,正是这种个人遭遇和时代悲歌的交织,缠绵艳丽与隐忍凄恻的并奏,大唐的百年繁荣绣成了它,末世的惨雾愁云却给它熏上了一层烟灰。也许李商隐并无作"诗史"的野心,但对家国的命运却是"心有灵犀一点通"(《无题》),他提起诗家的彩笔,为晚唐的天边画上了一道绚丽的余霞。

国破山河在

黍离之悲

尽管每一个开国皇帝都梦想着千秋万代、江山永固，历史的车轮却往往不如他们所愿，即使是强盛一时的大帝国，在几百年风雨沧桑过后，也难免走向日薄西山的结局。改朝换代司空见惯，人们对家国的情感，并不在于对一家一姓的忠诚；在国家危亡倾覆的时刻，人们对于吾国吾民、山河岁月的眷恋变得格外强烈。那些不顾自身危亡，试图挽狂澜于既倒的仁人志士，更是时隔千载仍然令人感动振奋。在千年诗史之中，亡国诗是一种特殊而并不罕见的品种，它们闪烁着真知和至情，犹如时代大潮的淘洗下沉淀的金沙，经得起后人反复的检验和品评。

家国情怀

国破山河在

故国之思的源头或可以追溯到《诗经》的《王风·黍离》。按照《毛诗序》的解释，它由一位东周时的士大夫所作，他所怀念的西周已经随着骊山的大火覆灭了。司马迁说，它亡于褒姒的粲然一笑，后人越传越奇，《列女传》还把褒姒说成龙涎变的妖女，种种传说使得这个王朝的结局带上了诡秘艳异的色彩。在"烽火戏诸侯"的闹剧过后，镐京被进攻的犬戎洗劫一空，继任的周平王将都城迁到东边的洛阳，周王室的命运也从此江河日下。周朝的士大夫路过旧都，看到以往的宗庙宫室里长出了青青的禾黍。尽管旧都大部分已经毁于战争并年久失修，但从残留的基底和架构来看，它们还保留着周朝开国时的气象，使人怀想起文王、武王的基业，更为当前国事的衰微而忧虑。这位士大夫彷徨不忍离去，写下了这样的诗："彼黍离离，彼稷之苗。行迈靡靡，中心摇摇。知我者谓我心忧，不知我者谓我何求。悠悠苍天，此何人哉！"

《黍离》的作者没有写他在心忧些什么，因为"知我者"自然怀着同样的心情，而浑浑噩噩的人则根本不觉得有什么值得忧虑，幽思无处倾诉，只好求问苍天。恐怕他自己也隐约知道，已经没有人能够拯救这样的颓势，但他又不忍心就此抽身，只好将一丝希望寄托给缥缈的天命。

这种思念和悲哀是那么触动人心，乃至于"黍离"成了怀念故国的表征，长久地在亡国者的心头发芽抽穗。生于南宋初年的姜夔，途经被金兵劫掠的淮扬，目睹"夜雪初霁，荠麦弥望。入其城，则四顾萧条，寒水自碧，暮色渐起，戍角悲吟"，不禁怆然感慨。他将所见所感填成一首《扬州慢》：

淮左名都，竹西佳处，解鞍少驻初程。过春风十里，尽荠麦青青。自胡马窥江去后,废池乔木,犹厌言兵。渐黄昏,清角吹寒。都在空城。　　杜郎俊赏,算而今、重到须惊。纵豆蔻词工,青楼梦好,难赋深情。二十四桥仍在,波心荡、冷月无声。念桥边红药,年年知为谁生!

和《黍离》中的镐京比起来,扬州虽非国都,却也是著名的温柔富贵之乡。晚唐杜牧"十年一觉扬州梦,赢得青楼薄幸名"(《遣怀》),他笔下的扬州永远是青山隐隐水迢迢,春风卷起珠帘,佳人娉娉袅袅,箫声吹遍了二十四桥的月色。这样柔美的风景,如何禁得起铁蹄的践踏?南北宋之交,金主完颜亮几次南犯,使扬州城毁于兵燹。姜夔写这首《扬州慢》的时候,金兵最近的一次南侵已经过去了十五年。此时,青翠色的荠麦已经覆盖了马蹄的印迹,玉骨已成尘,这使姜夔看到的不是血与火的酷烈,而是珠玉蒙尘的悲哀。

姜夔的叔岳萧德藻(自号"千岩老人")说,这首词有"黍离之悲",《扬州慢》和《黍离》的确是很像的,不但都是写故国倾颓、满地禾黍,而且其中的感情也是一脉相承的——它们同是一种悲伤哀悯、泫然欲泣,而不是激越愤怒、眦眦欲裂。这是自《诗经》以来的审美传统:诗歌应当"乐而不淫,哀而不伤",即使是巨大的时代苦难,也得和着眼泪咽下,写成诗,犹如杜宇带血的悲啼。王维的《菩提寺私成口号》也是如此:

万户伤心生野烟,百僚何日更朝天?

秋槐叶落空宫里,凝碧池头奏管弦。

  根据《旧唐书》的记载,这首诗作于安史之乱中。彼时,安禄山攻占了大唐的长安城,王维来不及逃出长安,被安禄山擒获。他服食泻药假装痢疾,拒不做官。然而,王维诗名太高,安禄山始终不肯放过他,王维被迫在安禄山朝中担任了伪职。有一天,志得意满的安禄山在唐宫的凝碧池边摆起盛宴,将御库里的珍宝罗列出来赏玩炫耀,又让梨园的乐师出来献艺。这些人原本是唐玄宗一手挑选和培养的,在御前演奏过《霓裳羽衣曲》这样的名曲,此时焉能强颜欢笑去给安禄山表演?乐师们一时间唏嘘泪下,曲不成调。安禄山坏了兴致,杀气腾腾地亮出白刃,威胁说:"有泪者当斩。"然而,有一个叫雷海青的琵琶乐师不肯屈服,他秉性耿直刚烈,无法忍受安禄山的淫威,当场就将琵琶摔碎,然后面向玄宗所在的西方放声大哭。安禄山暴跳如雷,下令将雷海青绑在戏马殿上,肢解示众。

  王维听说了雷海青的惨死,在悲痛中写下了这首《菩提寺私成口号》,将一幅刺眼的画面展现给后人:一面是"万户伤心生野烟",民生凋敝、满目烟尘,另一面是"凝碧池头奏管弦",反贼的狂妄自得、骄横跋扈。两者对比之下,尤其显出了国破的悲哀。王维生性柔和淡泊,此时又身陷乱军,生死一线,他不能像雷海青一样激烈地指斥乱贼,只能强忍着眼泪,用低沉呜咽的句子来倾诉家国沦亡的沉痛。

  和这种《黍离》式"哀而不伤"的风格不同,中国诗还有另一种"宁溘死以流亡兮"(《楚辞·离骚》)的传统,其感情真挚强烈,而"长太息以掩涕兮""虽九死其犹未悔"(《楚辞·离骚》)——屈原对楚国爱得炽烈,就做不到"哀而不伤",当他眼看着楚怀王死在秦地,国家一步步走向覆灭,就怀石自投于汨罗。屈原的诗魂为后世所继承,诗人处在国家危亡关头,目睹民众的痛苦煎熬,怎能无动于衷?他们的悲恸呼号是大时代最真实的声音,书写了一部家国情感的历史。

杜甫比王维小十一岁,他们共同经历过天宝末年的刀兵,然而杜甫一生官居微末,更接近社会底层的世界。他写自己经历战乱后面见皇帝,"麻鞋见天子,衣袖露两肘。朝廷愍生还,亲故伤老丑"(《述怀》)。对比姜夔《扬州慢》的"废池乔木"、王维《菩提寺私成口号》的"秋槐叶落",杜诗是"丑"的,他不刻意去雕琢"美",而是竭力去表现"真"。因此,杜诗虽丑却有力,犹如树木的老干。他的《春望》就写得痛切有力:

  国破山河在,城春草木深。
  感时花溅泪,恨别鸟惊心。
  烽火连三月,家书抵万金。
  白头搔更短,浑欲不胜簪。

杜甫凄惶不安,白头发越掉越多,然而他从来无暇自伤,国家和亲人的安危长久地牵引着他的忧愁。后世经历过战乱的人,读到"家书抵万金",都感到一种切肤之痛。杜甫的处境虽然困窘,却能够超出"小我"

的难处，写出了普遍的"大我"的艰难。他不仅写自己，还写过许多平民的遭遇——《无家别》写孑然一身的老卒，《新婚别》写新婚宴尔就被征发入伍的年轻人，《石壕吏》写被迫投军的老妇。这些人也许多不识字，无法用文字记录他们的感情，杜甫却用诗为这些平民百姓做传记，钻到他们的心里去写他们的悲哀，一个人承担了一个天下的苦难。杜诗的"力量"正在于此，就像陀思妥耶夫斯基说的："一个人受许多苦，就因他有堪受这许多苦的力量。"

后世许多诗人都从杜诗中汲取这种力量，宋人尤其服膺杜甫，举南宋的范成大为例，他毫不掩饰自己对杜甫的推崇："杜陵诗是吾诗句"（《钓台》）。范成大写诗的时候常化用杜甫的句子，他的"屋山从卷杜陵茅"（《中秋无月复次韵》）和"布衾如铁复似水"（《次韵李子永雪中长句》），都直接脱胎自《茅屋为秋风所破歌》。杜甫对范成大还有更深层次的影响，表现在其诗歌中同有实录历史、入世有为的精神。

范成大曾经奉召出使北方的金国，当他走进故国的都城，踏上当年北宋皇帝车驾行经的御道，中原父老看到这位南边来的使臣，不由得想起了亡国以来的种种不堪。他们纷纷围上来，把最后一丝渺茫的希望寄托给他：

州桥南北是天街，父老年年等驾回。
忍泪失声询使者，几时真有六军来？
　　《州桥》

故国父老的企盼使范成大感到愧疚，他自己又何尝不期待着答案？然而，即便范成大在出使时铁骨铮铮，不辱使命，也无法以一人之力挽回北方的局势。父老们望穿秋水，却始终没有盼来南宋的"王师"。

历史有时候相似得出奇，在靖康年间，金兵攻破汴京，劫掳徽、钦二帝和皇族后妃北去，百年之后，北方崛起的蒙古人又俘虏了汴京城里的金朝皇族北去，元初郝经《青城行》诗云："天兴初年靖康末，国破家亡酷相似。君取他人既如此，今朝亦是寻常事。"古人常常用佛家的轮回报应来解释这几个王朝的结局，其实，古代的末世王朝几乎都逃不过被屠杀掳掠的命运，成王败寇、弱肉强食就是那个时代的逻辑。人总是无法脱离历史局限而存在，这大概就是他们逃脱不掉的"轮回"吧。

金灭亡之后，也有遗民为它哭泣：元好问作为有金一代的"文宗"，在汴京被攻破之后也成了俘虏，和许多人一起被羁押在聊城。元好问写了一组《癸巳五月三日北渡》诗来记录这段经历："道旁僵卧满累囚，过去辎车似水流。"作为亡国的囚徒，他们就像是待宰的牲畜，被绳索捆着卧倒在道旁。大路上，西域的高头大马穿行不息，马后却跟着从各地掳掠来的女子："红粉哭随回鹘马，为谁一步一回头。"当被押送到黄河渡口，他看到汴京宫殿里的编钟排列在集市上叫卖，木雕佛像的价钱则和一捆柴火相差无几，正是"掳掠几何君莫问，大船浑载汴京来"。至于普通老百姓的境遇则更不必说："白骨纵横似乱麻，几年桑梓变龙沙。只知河朔生灵尽，破屋疏烟却数家。"

入元以后，忽必烈的重臣耶律楚材爱惜人才，对元好问另眼相待。之

家国情怀　国破山河在

后，元好问也和蒙古的汉军首领取得了联系，逐渐摆脱了囚犯的处境，获得了些许自由。由于这，后世一些看重文人气节的评论者对元好问颇有微词，清人全祖望虽然同情元好问，但仍不免说他"于殉国之义有愧"，"宗社亡矣，宁为圣予、所南[1]之介，不可为遗山之通"（《鲒埼亭集》外编）。但是，这些评论对于元好问来说，实在是过于求全责备了：他不幸生于这个国家的暮年，青年时代先是屡试不第，再是为战乱背井离乡，从来没有进入过政治的中心，也挽救不了自己国家的命运。与此同时，金朝的统治已经岌岌可危，前线军队在蒙古人面前节节败退，一个个城池被攻陷和屠戮，动辄"尸积数十万，磔首于城"（郝经《陵川集》），而忻州被攻破时，"倾城十万口，屠灭无移时"（赵元《修城去》），元好问的兄长元好古也死于这次屠城。

　　当一个国家轰然崩塌，作为个体的人是如此无力：即使是一代文宗，也不能挽回兄长的惨死，更遑论阻止国家的灭亡。他想到古时候申包胥哭秦廷，七日七夜水米不进，终于精诚所至，求得秦王出兵救楚。元好问仰慕他的事迹，但他自己又能去哪里哭诉呢？亡国的遗恨之深，使他恐怕只能化作衔微木以填沧海的精卫，日日夜夜为他亡故的祖国发出哀鸣：

[1] "圣予""所南"指宋末元初画家龚开和郑思肖。"圣予"为龚开之字，宋亡后，龚开作诗文哀悼文天祥、陆秀夫等忠臣。"所南"为郑思肖之号。其名为宋之后所改，意为"思赵"（"赵"是"赵"的繁体，隐宋朝皇室赵姓），其字号"忆翁""所南"皆有怀念故国之意。

　　惨淡龙蛇日斗争，干戈直欲尽生灵。
　　高原水出山河改，战地风来草木腥。
　　精卫有冤填瀚海，包胥无泪哭秦庭。

> 并州豪杰知谁在，莫拟分军下井陉。
> 《壬辰十二月车驾东狩后即事》其二

元好问无法挽狂澜于既倒，即便以死相殉，又能有多大的意义？他承担着失去故国与家人的悲痛，忍受着旁人对他"失节"的指摘诟论，只为了一个"以文存史"的目的：他要将有金一代的诗歌编成一部《中州集》，为已经灭亡的金留下最后的历史记忆。

不仅如此，对亡国的反思也时常反映在这部《中州集》中，他收录了史旭的一首诗：

> 郎君坐马臂雕弧，手撚一双金仆姑。
> 毕竟太平何处用，只堪妆点早行图。
> 《早发骕駼堋》

在冷兵器时代，骑射是一项重要的军事技能。金朝的统治者们虽原是游牧民族，在马上夺得天下，但太平日久，国家武备废弛，骑射成了一种只供赏玩的技艺。金朝皇帝的先祖灭亡了文弱的北宋，却在占据了汴京之后变得沉溺于享乐，不思进取，很快就在蒙古铁骑的攻击下一败涂地。元好问在这首讽刺诗后面写下了按语："景阳大定中作此诗，已知国朝兵不可用，是则诗人之忧思深矣。"这段话道出了他编《中州集》的苦心孤诣，即使他的故国已经灭亡，也要忍痛剖析检视它的五脏六腑，好让人们明白地知道它的兴衰脉络，不至于在亡国以后，就稀里糊涂地被世人忘却和抛弃。

清人凌廷堪在《遗山先生年谱序》中评论元好问说："其旧都之感，故君之思，幽忧慷慨之端，悱恻缠绵之故，不可明言者，悉寓于诗。……身处于元而心在乎金，言尽于此而意系乎彼。细而按之，随处皆旧都之感，故君之思也"。《中州集》完成后，元好问在《自题中州集后》其五写道：

> 平世何曾有稗官，乱来史笔亦烧残。
> 百年遗稿天留在，抱向空山掩泪看。

赵翼很理解元好问的悲哀，他的《题〈元遗山集〉》有一句著名的"国家不幸诗家幸，赋到沧桑句便工"。元好问假如泉下有知，或许会为得到后世的知己而落泪。元好问饱受劫难的一生，真是"身阅兴亡浩劫空，两朝文献一衰翁"（《题〈元遗山集〉》），若只是因为他没有"殉国"，便认为元好问没有气节，不是太过粗暴武断了吗？赵翼也深深理解他的艰难处境："无官未害餐周粟，有史深愁失楚弓。"（《题〈元遗山集〉》）金朝的君王从未把元好问作为治国的栋梁来认真对待，也没有给过他什么像样的职位，但这样一个孤臣孽子，却把记录故国的余音视为毕生的使命。正所谓岂容青史尽成灰，一个国家能够保留下它的历史，就不会在时间的长河中被抹去。等到帝王将相都化成了历史的灰烬，《中州集》仍然折射着一个时代的笑与泪，今天的人谈论起金，不会欣赏它曾经耀武扬威，却仍然会因为元好问这样的人而心怀敬意。

　　元好问的《中州集》直接影响了明末清初的钱谦益。钱谦益是明万历三十八年（1610）的探花，领袖文坛五十年，官至礼部尚书，他以半百之龄迎娶"秦淮八艳"之首的柳如是，成了当时一桩风流奇谈。然而大时代并不能容纳他们安然地度过余生。"甲申之变"发生时，清军兵临南京城，柳如是劝钱谦益一起投水殉国。钱谦益沉默一阵，回答道："水太冷，不能下。"柳如是奋身欲投水，却被钱谦益拉住。后来，钱谦益率领文武大臣在滂沱大雨中开城迎降，并在清顺治三年（1646）被任命为礼部侍郎。

　　这段经历成了钱谦益洗刷不掉的污点，时人作诗讥讽他说："钱公出处好胸襟，山斗才名天下闻。国破从新朝北阙，官高依旧老东林。"（《嘲钱牧斋》，收于谈迁《枣林杂俎》）陈寅恪论及钱谦益降清的原因，认为他是"素性懦弱，迫于事势使然"，但钱谦益之后受了柳如是的影响，逐渐以明的遗民和义士自居，并且积极地帮助南方反清复明的力量。陈寅恪认为，就钱谦益一生的行动来看，"应恕其前此失节之愆，而嘉其后来赎罪之意，始可称为平心之论"（《柳如是别传》）。

　　钱谦益后半生"赎罪"的行动中，除了直接资助郑成功等抗清义士，就是以元好问编《中州集》为榜样，编写了一部《列朝诗集》。不过，钱谦益编《列朝诗集》的目的与元好问有一点不同：《中州集》编成时，金朝的历史已经彻底结束，但《列朝诗集》编成时，明朝的流亡政权仍残存在西南一隅。钱谦益编此诗史，不仅是为了故国之思，更是要激励南方反抗的力量。《中州集》以天干分集，自甲至癸，共十集；而《列朝诗集》则只分甲、乙、丙、丁四集。不止于"癸"而止于"丁"，钱谦益在这个细节里埋藏了一层隐秘的期冀："癸"谐音"归"，代表终结，而"丁"指"丁壮"，象征着明朝的气数还没有彻底断绝，遥远的南方还有不少年轻人在全力准备，为渺茫的希望做最后一搏。

钱谦益在后期的诗作中，也屡次流露出对故国的追忆。他晚年闲居在红豆山庄，庄里有一棵二十年不曾开花的红豆树，在五月间突然开花数枝。秋九月里，柳如是让僮仆探看，发现枝头结了一颗玲珑鲜妍的红豆。这仿佛给八十高龄的钱谦益带来了某种吉利的征兆：再度结子的"红"豆，是否冥冥中昭告着"朱"姓的明王朝也将迎来枯木逢春的一日？也许一个人遭遇过太多的失望后，就越容易相信这种缥缈的预兆。他日益衰弱的心受到了激励，一气写了十首题咏红豆的诗，吐露了多年来压抑的心声，其四这样写道：

秋来一颗寄相思，叶落深宫正此时。
舞辍歌移人既醉，停觞自唱右丞词。

"叶落深宫"用的正是王维《菩提寺私成口号》"秋槐花落空宫里，凝碧池头奏管弦"的诗意，彼时王维身陷安史叛军的刀剑丛中，既不甘心噤声屏气，又无力反抗豺虎一般的敌人，以至于走到了进退失据、折损名节的歧路。这种屈辱而悲愤的感情，对于一生起伏波折的钱谦益来说真是再熟悉不过了。

也有的人不愿意生生忍受这样的屈辱，他们就要自己成为国家的火种。和钱谦益同一个时代，有一个名为夏完淳的英勇少年，生逢晚明的乱世，他仅仅活了十七岁,却有着和年龄极不相符的豪壮经历。夏完淳十四岁即追随父亲抗清,父亲殉国后他又与老师陈子龙坚持抵抗。他被俘后,早已投降清廷的洪承畴怜惜他的才华,亲自来劝降说:"你一个小孩子懂得什么,岂能称兵叛逆?想必是受人蒙骗,误入军中。倘若你投降归顺,当不失官。"夏完淳不为所动,反问道:"尔何人也?"旁边的衙役呵斥道:"这是鼎鼎有名的洪亨九洪承畴先生!"洪承畴当年兵败投降,明朝的崇祯皇帝误以为他以死殉国,还曾经作诗悼念他。夏完淳佯装不信狱卒的话,厉声喝道:"你这样的鼠辈,怎敢冒称洪亨九先生的大名?本朝洪亨九先生在松山、杏山与北虏激战,血溅章渠,先帝闻之震悼,亲自作诗褒念。我虽然年轻,却仰慕洪亨九先生的忠烈,才要杀身殉国,效法先烈!你等逆贼丑类,还敢假冒先烈,诬蔑洪先生,真是不知羞耻!"洪承畴劝降不成,反被夏完淳痛斥羞辱,乃至色沮气夺,无辞以对。

　　十七岁的夏完淳最终求仁得仁,血溅法场,他在极为短暂的生命里留下了许多慷慨的诗句,尤其是从被捕到就义这段时间,夏完淳写出了许多字字泣血的诗,结成了他最后的《南冠草》诗集。诗中壮阔激昂的气概,竟毫无同龄少年的稚气。即使面对敌人的屠刀,他也从未因自己的命运而哀泣。

　　夏完淳不是不懂得悲伤,在生命最后一刻,他割舍不下自己饱经苦厄的故国与故人。夏完淳知道自己余日无多,在诗中依依告别故乡和辞别亲人:"无限河山泪,谁言天地宽。已知泉路近,欲别故乡难。"(《别云间》)"孤儿哭无泪,山鬼日为邻。古道麻衣客,空堂白发亲。"(《拜辞家恭人》)然而想到夏家满门忠烈,他又为自己继承父亲叔伯的志向而倍感自豪:"忠孝家门事,何须问此身。"(《拜辞家恭人》)对于自己的赴死,夏完淳一直是从容的,但看到同道义士的不幸命运,却忍不住痛哭失声。他的恩师兼战友陈子龙遇难,夏完淳写下《细林野哭》来悼念,这大概是《南冠草》中最凄恻动人、声泪俱下的篇章:"细林山上夜乌啼,细林山下秋草齐。有客扁舟不系缆,乘风直下松江西。却忆当年细林客,孟公四海文章伯。""相逢对哭天下事,酒酣睥睨意气亲。去岁平陵鼓声死,与公同渡吴江水。今年梦断九峰云,旌旗犹映暮山紫。""黄鹄欲举六翮折,茫茫四海将安归!天地蹀躞日月促,气如长虹葬鱼腹。肠断当年国士恩,剪纸招魂为公哭。""我欲归来振羽翼,谁知一举入罗弋!家世堪怜赵氏孤,到今竟作田横客。呜呼!抚膺一声江云开,身在罗网且莫哀。公乎,公乎!为我筑室傍夜台,霜寒月苦行当来!"

陈子龙的死,不但抽掉了支撑南明的一根柱子,更令身陷罗网的夏完淳顿感孤苦无依。寒霜苦月,俯仰浩叹,目睹大厦将倾,即使国家重臣也感到无能为力,这个十七岁的少年却犹能自励"且莫哀",满腔英烈之气,贯彻寰宇。和这样的少年英雄比起来,那些领着国家俸禄钱粮却碌碌无为的文武大臣真该愧杀。百年之后,柳亚子题诗赞叹他:"悲歌慷慨千秋血,文采风流一世宗。我亦年华垂二九,头颅如许负英雄。"(《题〈夏内史集〉》)

这种对于家国的责任感,正是受到儒家传统熏陶的士子们安身立命的所在。无论是元好问的忍泪吞声,还是夏完淳的留取丹心,虽然行为上殊途,精神上却是同归。和这样的民族脊梁比起来,坐在龙椅上的帝王只怕要感到惭愧难当,他们掌握着至高无上的权力,治国的能力却常常不与之相称。尤其是王位世袭、立长不立贤的制度下,就算再贤明的"圣主",也难免生出几个不肖子孙,这就像是金銮殿下藏着一座休眠火山。一个昏庸的皇帝若是生在太平时候,或许还能侥幸得个善终;若是不幸生在乱世,成了亡国之君,不但自己任人宰割,更有不知多少黎民百姓都要为他们的荒淫而殉葬。

仿佛是历史开的玩笑,这样的亡国之君里倒不乏几个风雅之士。据《陈书》《隋书·音乐志》等记载,南朝的陈后主精通音乐,创作过《黄鹂留》《临春乐》《玉树后庭花》《春江花月夜》等清商乐曲。光看名字,就可知道它们是怎样的靡靡之音。这些曲子"绮艳相高,极于轻荡,男女唱和,其音甚哀",从只流传下歌词的《玉树后庭花》可见一斑:

> 丽宇芳林对高阁,新装艳质本倾城。
> 映户凝娇乍不进,出帷含态笑相迎。
> 妖姬脸似花含露,玉树流光照后庭。
> 花开花落不长久,落红满地归寂中。

"花开花落不长久",似乎是一句谶语,唱出了陈朝的末世命运。陈叔宝宠幸贵妃张丽华,日日与之饮酒作乐,即使隋军压境、国家危在旦夕的关头,也还醉梦不醒,自恃长江天堑不能飞渡,仍然不改夜夜笙歌的习惯。等国都建康城被攻破,陈后主六神无主,他想起梁武帝被叛将围困活活饿死的结局,竟"灵机一动",想出带着张、孔二姬躲入后宫枯井的"妙计"。隋军搜到景阳宫里,威胁要"落井下石",才把陈后主和妃子们从井底吊出来。这样狼狈可笑的场面,何尝还有半点皇家的体面和尊

家国情怀　国破山河在

177

〔唐〕阎立本　《历代帝王图》陈后主陈叔宝像

严?《陈书》中说,陈后主"生深宫之中,长妇人之手,既属邦国殄瘁,不知稼穑艰难",一国之君既如此,陈朝如何能够不亡?

齐己的《看金陵图》说:"六朝图画战争多,最是陈宫计数讹。若爱苍生似歌舞,隋皇自合耻干戈。"可惜苍生在陈后主的眼里比不上贵妃的舞袖。《玉树后庭花》成了亡国之音的象征,生逢末世的人感时忧国,总不免想起这首绮艳中暗藏不祥的歌曲。晚唐的小李杜都有名篇咏叹:

> 紫泉宫殿锁烟霞,欲取芜城作帝家。
> 玉玺不缘归日角,锦帆应是到天涯。
> 于今腐草无萤火,终古垂杨有暮鸦。
> 地下若逢陈后主,岂宜重问后庭花?
> 李商隐《隋宫》

> 烟笼寒水月笼沙,夜泊秦淮近酒家。
> 商女不知亡国恨,隔江犹唱后庭花。
> 杜牧《泊秦淮》

陈朝覆灭以后,陈后主写过的艳曲也散佚了,只留下《玉树后庭花》的歌词,没有人知道要怎么演唱,它仿佛是这个国家形成的化石,血肉已经销尽,空留下一副伶仃的骨架,就像李白的诗里写的:"金陵昔时何壮哉!席卷英豪天下来。冠盖散为烟雾尽,金舆玉座成寒灰。扣剑悲吟空咄嗟,梁陈白骨乱如

麻。天子龙沉景阳井，谁歌玉树后庭花？"（《金陵歌送别范宣》）

讽刺的是，陈后主比那些无辜罹祸的平民幸运许多。隋文帝并没有过多地为难他，根据《资治通鉴》的记载，隋文帝不仅给过陈叔宝许多赏赐，经常以很高的礼仪引见他，还颇为照顾这个亡国之君的心情，在宴会上从不演奏吴地的乐曲，怕他触景伤情。对于他的家族兄弟，隋文帝也"分置巴州，给田业使为生，岁时赐衣服以安全之"，算得上仁至义尽。

或许是因为这样优渥的待遇，又或许是陈叔宝原本就"全无心肝"，他在亡国入隋后常在醉乡，"罕有醒时"，甚至在宴会上写下了这样的诗来谄媚隋主："日月光天德，山河壮帝居。太平无以报，愿上东封书。"

这样的句子，不禁使人想到蜀国的后主刘禅。司马昭可不像隋文帝一样仁慈，他在灭亡蜀国后，故意在宴会上请昔日的君臣看蜀地的伎乐。老臣们睹物伤怀，纷纷掉下泪来，只有刘禅喜笑自若，让司马昭也不得不感叹："人之无情，乃可至于是乎？"（见《三国志·蜀书·后主禅》裴松之注引《汉晋春秋》）当被问到是否思念蜀国，刘禅说出了一句著名的话："此间乐，不思蜀。"

不知他们是真的全无肝肺，还是只能把憨傻当成最后的护身符，这些以昏庸愚鲁留名于史鉴的亡国之君，倒多数能得以苟全性命。反观另一些被俘到敌国的末代皇帝，像梁简文帝、梁元帝、南唐后主李煜、宋徽宗赵佶等，他们经历了截然不同的人生遭遇，从旧日的迷梦中猛然惊醒，写下的则是怀念故国、追悔往事的诗句。

跟陈后主写的艳曲比起来，宋徽宗的格调品位要高雅得多。他称得上书画双绝，自创的瘦金体书法骨格清俊，存世的画作《瑞鹤图》《竹禽图》

等，也极为生动雅致，他的艺术修养之高，不但在中国历代皇帝里堪称独步，就是放到历史上最一流的书画家队伍中，也是毫无愧色的。他是宋神宗的第十一子，本应无缘于皇位，可以平平安安地做一个雅好书画的郡王。可是历史阴差阳错，他的兄长宋哲宗二十四岁即早逝，也没有留下子嗣，当时的端王赵佶就毫无预备地被立为了皇帝。

书画对于当皇帝并没有什么裨益，过于沉湎反倒有害。《宋史·徽宗纪》说他"玩物而丧志，纵欲而败度"，靖康国变之前，宋徽宗日日流连于声色，把国家当成了玩乐享受的私产：他成立的翰林书画院聚集了全国一流的画师，皇家的园林里堆积着大江南北搜刮来的奇花异石，后宫妃嫔百余，生有皇子三十八、帝姬（公主）三十四。即使这样，坊间还流传着他和京城名妓李师师的风流韵事，他们的幽会甚至被大学士周邦彦写进词里："并刀如水，吴盐胜雪，纤手破新橙。锦幄初温，兽烟不断，相对坐调笙。　低声问：向谁行宿？城上已三更。马滑霜浓，不如休去，直是少人行。"（《少年游》）

对于这个风流皇帝来说，这段日子真是快乐似神仙，而极少数不称心的时刻之一，是他美丽聪慧的明节皇后早逝。宋徽宗在一个华灯璀璨的元宵节题词怀念她："无言哽咽。看灯记得年时节。行行指月行行说。愿月常圆，休要暂时缺。　今年华市灯罗列。好灯争奈人心别。人前不敢分明说。不忍抬头，羞见旧时月。"（《醉落魄》）

后人读到"不忍抬头，羞见旧时月"，都说它像极了一句谶语，早早暗示了他后半生的凄惨命运。宋徽宗尽管擅长书画，对于治国却一窍不通，幼稚程度犹如三岁孩童。当金人兵临城下，他尚且相信神仙道士的

"移山倒海，撒豆成兵"之术，直到束手就擒。汴梁城破，北宋的东京梦华也遂告破灭。

现代的历史学家常说，北宋是古代中国文明最鼎盛的时期。然而文明之花是极度脆弱的，若没有富足的财力、强大的军事作为保障，文明往往会败于野蛮和暴虐。亡国之后，宋徽宗一下从云端跌入了泥沼，他和其他男女宋俘一起被押解到上京，袒胸赤背、身披羊皮地跪拜金太祖庙，他的嫔妃和女儿也被对方的王侯将领们当作战利品瓜分，可怜无数金枝玉叶，此刻仿佛待宰的羔羊，赵佶自己则被金朝的皇帝羞辱性地封为"昏德公"，押解到遥远的五国城（今黑龙江省依兰县）。

赵佶从小在锦绣丛中长大，哪里经受过这样的折磨？旧日里绮窗朱户尚不如意，而今则是："彻夜西风撼破扉，萧条孤馆一灯微。家山回首三千里，目断天南无雁飞。"（《在北题壁》）在一个冬天，他冒着风雪，从上京艰难地前往五国城，正是两鬓风尘之际，偶见杏花盛放。若在旧时，赵佶大约不会在意这种寻常的山花，但当他失去所有的珠翠绫罗，沦为披枷带锁、褴褛贫病的囚徒之时，便惊觉这杏花真是人间仙品：

裁剪冰绡，轻叠数重，淡著胭脂匀注。新样靓妆，艳溢香融，羞杀蕊珠宫女。易得凋零，更多少无情风雨。愁苦。问院落凄凉，几番春暮。

凭寄离恨重重，这双燕，何曾会人言语。天遥地远，万水千山，知他故宫何处。怎不思量，除梦里有时曾去。无据。和梦也新来不做。

《燕山亭·北行见杏花》

［宋］赵佶 《竹禽图》

　　赵佶怎能不怀念他的故宫呢？那个收藏了历朝珍宝、繁华极盛的东京汴梁，即使过了千年也令人忍不住神往。可惜的是，北宋的汴梁也早已一去不复返了。当时的宋徽宗大概已经极度悲伤绝望，才写出这样声嘶气咽的句子。在世间，他确实没有任何可以眷恋的东西了——被他看得比国家还重要的字画古玩，此时都随着国家的败亡被统统掠去；而他从来不会治国也不懂军事，此时大概也不敢有逃亡复国的念想。"和梦也新来不做"，他越来越衰老，连梦也做得越来越少，和故国的最后一丝联系也掐断了。

　　人们说哀莫大于心死，这首《燕山亭》成了宋徽宗的绝笔文字。这个北宋末年最风雅的艺术家皇帝，在饱受了折磨和侮辱之后死于五国城，他的遗体按照当地的风俗火化，终年五十四岁。今人去回望宋徽宗的一生，一面为他奢靡误国而觉得可恨，一面又不得不为他的才华和悲剧而叹息。《宋史·徽宗纪》中也叹曰："宋徽宗诸事皆能，独不能为君耳！"

像这样错生在帝王家的风流种子，并不止宋徽宗一个。北宋之前的南唐也有这样一个末代皇帝李煜，郭麐《南唐杂咏》写诗感叹，说他"作个才人真绝代，可怜薄命作君王"。

就诗词而论，李煜比宋徽宗更为出色，王国维评论他们两人的词，说李煜的词是"以血书者"，徽宗的《燕山亭》词尽管也是声声泣血，然而不过是倾诉自家身世的悲哀，后主则俨然有释迦牟尼、基督担荷人类罪恶之意，相比之下，境界的大小不可同日而语。的确，世人没有宋徽宗一样的经历，就不会追忆"故宫何处"，但读到"雕栏玉砌应犹在，只是朱颜改"（《虞美人》），谁不受到触动，感叹人生的短促无常？李煜这种穿透时空的洞察力，使得他的词跳出了一个亡国之君的悲哀，而将世人共同的悲哀一语点破。

国变之前，李煜坐拥江山美人，每日宴饮歌舞，欣赏着"晚妆初了明肌雪，春殿嫔娥鱼贯列。笙箫吹断水云间，重按霓裳歌遍彻"（《玉楼春》），他对大小周后情深意笃，"临风谁更飘香屑，醉拍阑干情味切。归时休照烛花红，待放马蹄清夜月"（《玉楼春》）。看起来，他们不像礼仪森严的帝后，倒更像清新可爱的年轻眷侣。可惜这样的快乐时光并不长久，宋太祖赵匡胤挥师压境，哪怕李煜愿意俯首称臣，改称江南国主，却也抵不过一句"卧榻之侧岂容他人鼾睡"。他被俘虏到汴京，故国的繁华尽数付与流水，家山万里，永断归期：

四十年来家国，三千里地山河。凤阁龙楼连霄汉，玉树琼枝作烟萝。几曾识干戈？　一旦归为臣虏，沈腰潘鬓消磨。最是仓皇辞庙日，教坊犹奏别离歌。垂泪对宫娥。

南唐建国四十余年就消亡了，它没有比五代十国的其他小国更加不幸，却因为李煜这首《破阵子》而格外令人怀念。"凤阁龙楼连霄汉，玉树琼枝作烟萝"，即使故国已经倾覆，后主仍然对它满含着自豪和留恋。李煜虽然耽于享受，但从整体来看却不算一个十分坏的皇帝，他性情宽恕，不喜杀生，也不以威势欺压臣下。哪怕亡国为俘，等他客死他乡，江南人闻听他的死讯，也仍然感到悲伤，"皆巷哭为斋"。其实南唐被宋所灭，实为大势所趋，不能深怪李煜一人，李煜只是因为生于帝王之家，不得不承担亡国的命运罢了。入宋以后，他依依眷恋的故国就只能在梦中相见了：

多少恨，昨夜梦魂中。还似旧时游上苑，车如流水马如龙。花月正春风！
　　　　《望江南》

帘外雨潺潺，春意阑珊，罗衾不耐五更寒。梦里不知身是客，一晌贪欢。　独自莫凭栏，无限江山，别时容易见时难。流水落花春去也，天上人间。
　　　　《浪淘沙》

起初，赵匡胤对李煜还算客气周到，但随着赵匡胤神秘地暴病而亡，他的弟弟赵光义继位后，李煜连最后一点可怜的安宁也保不住了。宋代的文人笔记中记载，宋太宗赵光义不但强占了李煜深爱的美人小周，更对他日夜思念故国一事非常忌惮，时时派人去监视刺探。

一日，赵光义派南唐的旧臣徐铉去探视李煜，李煜是一个天真烂漫之人，竟然毫无防备，对徐铉吐露心声："当初我错杀潘佑、李平，悔之不已！"宋太宗闻听，自然更加衔恨。当他知道李煜在生日宴会上教人演唱那首著名的《虞美人》，听到"故国不堪回首月明中""恰似一江春水向东流"之语时，就再也不能忍受，"赐牵机药"毒杀了李煜，《虞美人》里的春花秋月遂成绝响。

亡国之君的命运多么凶险，真正是"人为刀俎，我为鱼肉"，即使像李煜一样软弱和善、毫无威胁的人，一旦流露出对故国的怀念，马上就被视为眼中钉，即便想要仰人鼻息地苟活，也成了一件奢侈的事情。为故国而伤感，说明他们还有清醒的意识，会为自己的荒唐历史而悔恨，一个清醒的人总会令他的敌人警惕，而烂醉如泥、毫无知觉的人则是安全的。无怪乎得到"善终"的亡国之君，都是陈叔宝、刘禅那样浑浑噩噩的"愚人"。

其实，像李煜这样因为终于"清醒"而送命的末代皇帝们，何尝不知道清醒的痛苦和危险？他们何以不能像陈后主一样常在醉乡？"众人皆醉，何不哺其糟而歠其醨？"（屈原《楚辞·渔父》）苟且保命，其实不难，然而人生在世，并不以"保命"为终极理想，更何况国家倾覆、万民流离，作为一国之君，又怎能不感到羞愧痛苦？与其说是敌国杀死了他们，不如说是他们的内心早已被自己判了死刑，只待不知何时会被送来的一杯鸩酒、三尺白绫，为这一桩历史的悲剧拉上大幕。

《礼记》中说，乱世之音怨以怒，亡国之音哀以思。历史上的亡国之诗，大体上都有一种沉痛苦涩之感，细品起来，这苦涩的味道又有不同：读到乱世平民的命运遭遇时，常使人生出"宁为太平犬，莫作乱离人"（冯梦龙《喻世明言》）的叹息，对于他们无辜承受了国家倾覆的苦难，诗人常常怀有深切的悲悯；士人阶层，则必须承担起"故国"所意味的责任，这使得他们必须在舍生取义或者忍辱偷生之间做出选择，无论是文天祥的慷慨，还是元好问的隐忍，都是"疾风知劲草，板荡识诚臣"（李世民《赠萧瑀》），粗粝而强悍的现实压力反而彰显出他们的光辉；至于历史上那些亡国之君，因为掌握了国家的最高权力，所以也必须为国家的灭亡担负最大的责任，假如他们还有一丝良知和自省，都会在诗中流露出羞愧和悔恨，后人谈论起他们，也免不了哀其不幸，怒其不争。

杜牧的《阿房宫赋》总结秦的灭亡，说："秦人不暇自哀，而后人哀之；后人哀之而不鉴之，亦使后人而复哀后人也。"倘若后人能够从历史的故事中多少汲取一点经验教训，我们先民的眼泪便没有白流，而那些舍生取义的故事如果可以激励后来人，使他们更加奋发进取，我们民族的脊梁就能不畏风霜摧折而长久地挺立。

哀故都之日远

去国怀乡

放逐，在古代中国是一种相当独特的现象。从皇帝的视角来看，这似乎是一种"仁慈"的手段，所谓"不忍刑杀，流之远方"（《大清律例》），但从士大夫的角度来看，遭到放逐却是一种沉重的打击：流放的地点多是瘴疫之乡、苦寒之地，许多人在那里饱受折磨，甚至于一去不回。而对于有志于国事的人来说，流放更是一种精神上的苦难：他们远离了国都，远离了国家权力的中心，再也难以施展自己的抱负。从题咏贬谪流放、去国怀乡的诗歌来看，物质上的艰苦并不足以使他们灰心，而报国无门的苦闷、背井离乡的恓惶，却更长久地在他们的心头盘桓不去，成为这一类诗歌中反复咏叹的主题。

放逐主题的诗歌作者可以追溯到战国的屈原。屈原是与楚王同姓的贵族，他将楚国的河水看作自己的血脉，将楚国的神祇看作可以亲近的友伴。在屈原眼里，楚国是如此美丽动人，这里坐拥九百里的云梦泽，国境里流淌着昼夜不息的湘江水，江水和山岳之间飘起云雾，云中有荷衣蕙带的司命，山林里则有含睇宜笑的精灵。它不仅山明水秀，而且号称"地方五千里，带甲百万"（《战国策》），是一个可以与秦抗衡的强国。在春秋时，这里诞生过"一鸣惊人""问鼎中原"的霸主楚庄王。到了屈原的时候，楚国虽然不及当年的驰骋纵横，但也仍然不失大国的气度，在那些主张"合纵连横"的说客之中，还流行着"纵合则楚王，横成则秦帝"的说法。

屈原早年得到楚怀王的重用，一心想要实现"美政"的理想，振兴自己的国家，他尽心竭力地辅佐怀王，期待他能成为中兴的霸主，但怀王身边却不全是屈原这样的人：上官大夫靳尚以嫉贤妒能、巧言令色著称，宠妃郑袖虽然美艳动人，却善妒而狠毒。楚怀王长期和他们相处，早已听惯了种种动人的谄媚。屈原虽然善于辞赋，却不愿意凭他的文采去当一个弄臣。屈原成了朝廷上的"异类"，靳尚与屈原政见不合，就在怀王面前诋毁说："大王让屈原草拟法令，他却以此夸耀自己，跟别人说'这事除了我，别人谁也做不了'。"靳尚与怀王的宠妃郑袖串通，时常诋毁屈原。谗言日积月累，怀王与屈原之间渐渐有了隔阂，对屈原的意见也逐渐听不进去了。唐代陆龟蒙的《离骚》诗叹惋道：

　　天问复招魂，无因彻帝阍。
　　岂知千丽句，不敌一谗言。

〔元〕张渥 《九歌图》屈原

怀王辜负了屈原的期待，他并不是一个英明的国君，人性的软弱和自私侵蚀了他旧日的抱负，也蒙蔽了他的双眼，忠臣的劝谏自然不如郑袖的软语来得动听。屈原"信而见疑，忠而被谤"（《史记·屈原贾生列传》），只会阿谀谄媚、嫉贤妒能的靳尚反倒成了庙堂上的公卿，生活在这样一个黑白颠倒、忠奸不辨的世界，正直的人岂能免于灾祸？唐代孟郊曾为屈原写过一首《湘弦怨》，写他个性孤僻寡合，为此失意于仕途，抚今追昔，既是哀悼屈原的不幸遭遇，也是一浇胸中块垒：

> 昧者理芳草，蒿兰同一锄。
> 狂飙怒秋林，曲直同一枯。
> 嘉木忌深蠹，哲人悲巧诬。
> 灵均入回流，靳尚为良谟。
> 我愿分众泉，清浊各异渠。
> 我愿分众巢，枭鸾相远居。
> 此志谅难保，此情竟何如。
> 湘弦少知音，孤响空踟蹰。

屈原为自己的国家感到忧虑，不停地想把它引回正道。他主张六国联合抗秦，但楚怀王却被巧舌的张仪所蒙骗，背叛了与齐国的前盟，而跟虎狼一般的秦国结下了"黄棘之盟"。屈原竭力反对这种短视的行为，但楚怀王早已不信任他，在他看来，屈原的耿介忠贞令人生厌。为了不再听到反对的声音，怀王把屈原逐出了郢都，流放到沅湘之间的荒野上。屈原一路东行，神魂却被西边的郢都所牵绊，"船容与而不进兮，淹回水而凝滞"（《九章·涉江》），流水似乎也知道了他的心思，一路上曲折漩洄地拉挽着他的舟船。王逸在《楚辞章句》中说，屈原作《九章》，是因为他被"放于江南之野，思君念国，忧思罔极"。尽管楚国的山水仍然明净旷远，像是淡墨洇染出来的一般，但屈原没有感到一丝宽慰，反随着行船的徘徊、洲浦景色的推移而有了故都日远的忧思。屈原与郢都渐行渐远，当年的"美政"理想也在这移步换景之间离他远去了："背夏浦而西思兮，哀故都之日远。

登大坟以远望兮,聊以舒吾忧心。哀州土之平乐兮,悲江介之遗风。当陵阳之焉至兮,淼南渡之焉如?曾不知夏之为丘兮,孰两东门之可芜?"(《九章·哀郢》)

在屈原的时代,士人在一个国家经受了挫折,还可以周游列国去兜售自己的谋略,像苏秦张仪这样的雄辩家,凭着三寸不烂之舌,就从潦倒狼狈的寒士一跃而成为各个诸侯国的座上宾。也有人厌恶了世上的阴谋与杀伐,索性唱着"凤兮凤兮!何德之衰"(《论语·微子》)的歌谣,去当一个隐居的狂士。连江畔的渔父也劝屈原说:"圣人不凝滞于物,而能与世推移。世人皆浊,何不淈其泥而扬其波?众人皆醉,何不餔其糟而歠其醨?"(《楚辞·渔父》)但屈原既不愿意帮助别的国家来攻打自己的祖国,也无法将它抛诸脑后。"举世皆浊我独清,众人皆醉我独醒"(《楚辞·渔父》),屈原固守清白,和混沌的世道显得格格不入。屈原只能一次又一次徘徊在江岸,吟诵着思念故国的诗句,忧愁使得他越来越消瘦,变得"颜色憔悴,形容枯槁"(《楚辞·渔父》)。

屈原何尝不知忠言逆耳的道理,他只是把国家的命运看得比自己的更重,"余固知謇謇之为患兮,忍而不能舍也"(《楚辞·离骚》)。虽然楚国还号称大国,与秦国遥相对峙,但屈原分明看到了这两个国家的区别:两国交战,楚国一次次地损兵失地,国君也一天天变得昏聩老迈,而西方的秦国则一天天地壮大,早晚有一天会把扩张的触手伸进南方的云梦泽。

屈原在眼下的太平之中看到了危机,他的诗句里充满了忧患的味道:"岂余身之惮殃兮,恐皇舆之败绩","长太息以掩涕兮,哀民生之多艰"。(《楚辞·离骚》)楚王的宫殿一天天变得高大宏伟,而楚国的山水却一天天减损了容色,虽然眼下还是太平无事的光景,但屈原眼里分明看到了秦国的大军涌进郢都,楚国的百姓流离失所,华丽的王宫将要化为荒芜的丘墟:"皇天之不纯命兮,何百姓之震愆?民离散而相失兮,方仲春而东迁。去故乡而就远兮,遵江夏以流亡。出国门而轸怀兮,甲之鼌吾以行。发郢都而去闾兮,荒忽其焉极?楫齐扬以容与兮,哀见君而不再得。望长楸而太息兮,涕淫淫其若霰。"(《九章·哀郢》)

屈原尽管也曾经极力自我安慰说"苟余心其端直兮,虽僻远之何伤"(《楚辞·涉江》),却无法对楚国的命运无动于衷。当他听说秦国白起的大军攻破郢都,用一把大火将先王的陵寝夷为平地时,他感到自己的血肉似乎也被这烈火吞噬,他的肺腑也在这烧灼中化作了飞灰。从此以后,楚国的名字就从战国的版图上抹去了,屈原觉得自己也成了湘水上飘荡的孤魂,很多年以前,他还带着祭祀的童子,在楚国的城墙上为战死的青年招魂,而今连这城墙也坍圮了,还有谁再去祭奠他们?而屈原自己呢?恐怕也没有人唱着"魂兮归来",引导他的魂灵回到郢都去了。那么就索性永远留在这汉北的荒野上吧,趁着秦国兵车的辚辚声还没有传来,汨罗的江水也还没有被楚人的鲜血染成红色。

屈原怀石自沉,楚国人被他的忠诚所感,每年忌日都到江上纪念他:"竞渡深悲千载冤,忠魂一去讵能还。"(张耒《和端午》)楚国的强盛岁月最后变成历史长河上的一缕波澜,当它的君臣俱已湮灭无踪,屈原和他的文章却与湘江上的祭奠一起传承了下来,正是:"远接商周祚最长,北盟齐晋势争强。章华歌舞终萧瑟,云梦风烟旧莽苍。草合故宫惟雁起,盗穿荒冢有狐藏。《离骚》未尽灵均恨,志士千秋泪满裳。"(陆游《哀郢》其一)

后代的忠臣良将,都从屈原的身上看到了某种万古不灭的精神,它使人们相信崇高和道义的重量,即使他们在现实世界遭遇再多的磨难和误解,也可以从《离骚》中得到"吾道不孤"的告慰。例如南宋末年的文天祥,他生于农历五月初二,也就是端午节前三天。文天祥对屈原有一种冥冥之中的亲切感,写过不少题咏端午的诗。在某一个端午节,他作诗怀想屈原:

五月五日午,薰风自南至。
试为问大钧,举杯三酹地。
田文当日生,屈原当日死。
生为薛城君,死作汨罗鬼。
高堂狐兔游,雍门发悲涕。
人命草头露,荣华风过耳。
唯有烈士心,不随水俱逝。
至今荆楚人,江上年年祭。
不知生者荣,但知死者贵。
勿谓死可憎,勿谓生可喜。
万物皆有尽,不灭唯天理。
百年如一日,一日或千岁。

家国情怀　哀故都之日远

〔元〕张渥　《九歌图》山鬼

> 秋风《汾水辞》，春暮《兰亭记》。
> 莫作留连悲，高歌舞槐翠。
> 　　　　——《端午》

楚地位于中国的南边，而中国古代历朝历代的都城则多数在北方，那些在京城里遭到贬谪的官员时常要经过这里。湘江的流水从楚时流到今日，还依然保留着它烟水迷茫的旧貌，而屈原的灵魂大概也已经化作了其间的神祇，日日夜夜在江上行吟，为这里的风景增添了萧森哀愁的气象。李绅在《涉沅潇》里描写道："屈原死处潇湘阴，沧浪淼淼云沉沉。蛟龙长怒虎长啸，山木翛翛波浪深。烟横日落惊鸿起，山映余霞杳千里。鸿叫离离入暮天，霞消漠漠深云水。水灵江暗扬波涛，鼍鼋动荡风骚骚。行人愁望待明月，星汉沉浮魍鬼号。"而戴叔伦的《过三闾庙》则流传更广：

> 沅湘流不尽，屈子怨何深。
> 日暮秋风起，萧萧枫树林。

楚地萧森渺茫的风景，尤其触痛逐臣迁客的心。以前，他们早已熟读《离骚》，但直到这一行才真正感同身受。屈原对他们来说，不再是面目模糊的古人，而成了他们此行唯一的伴侣和知己。唐代的韩愈曾屡遭贬谪，其中最著名的一次是因"谏迎佛骨"事件而被贬。事件的起因是唐宪宗笃信佛教，打算迎接"佛骨"入宫供奉，朝野上下顿时陷入一片拜佛的狂热。韩愈不愿迎合这种荒谬的举动，他冒着生命危险献上一篇《论佛骨表》，历数史上佞佛皇帝"运祚不长"的命运，满篇皆忧国爱民之话，初衷可谓正大光明。但他的文章拂了皇帝的"逆鳞"，唐宪宗为此勃然大怒，几乎要以"大不敬"的罪名将他处死，经人劝谏才勉强留他一条性命，改判贬谪潮阳。

韩愈南下，经过沅湘之地，想到屈原许身为国——"余固知謇謇之为患兮，忍而不能舍也"（《楚辞·离骚》），自己也何尝不是"欲为圣明除弊事，肯将衰朽惜残年"（《左迁至蓝关示侄孙湘》）？遭到流放之后，屈原曾在郢都之外徘徊不忍离去，也恰似他现在的处境："云横秦岭家何在，雪拥蓝关马不前。"（《左迁至蓝关示侄孙湘》）韩愈不免触景生情，想要为这位千年以前的同道者做一番祭奠，却不知要去哪里寻三闾大夫的旧迹：

> 猿愁鱼踊水翻波，自古流传是汨罗。
> 蘋藻满盘无处奠，空闻渔父扣舷歌。
> 《湘中》

和韩愈并称为"韩柳"的柳宗元也曾有过相似的行迹。唐顺宗时，启用王伾、王叔文等人主持"永贞革新"，柳宗元也是他们麾下的一员。改革派推行了一系列有利于国计民生的政策，例如抑制藩镇、整顿吏治、收回宦官手中的权力等。但形势的严峻远远超出了他们的预计：藩镇和宦官的势力已经树大根深,哪里肯拱手让出手里的权力?他们反戈一击,竟逼迫重病的顺宗"禅让",将参与革新的"二王八司马"贬黜到遥远的边地。柳宗元先被贬到邵州,再被加贬为永州司马。在途经汨罗江时,他的行船遇到一些风浪,旁人都在惊惶哀泣,以为触犯了江水的神灵,免不了葬身鱼腹,而柳宗元却神色不变,题下了一首《汨罗遇风》:

南来不作楚臣悲,重入修门自有期。
为报春风汨罗道,莫将波浪枉明时。

"修门"就是楚国郢都的南门,屈原曾经在《招魂》里呼唤过:"魂兮归来,入修门些。"传说屈原听说楚怀王客死在秦国,写下这篇《招魂》呼唤他的魂魄。也有人说它是宋玉所作,宋玉哀怜自己的老师"魂魄放佚",故作此诗以招其生魂。楚人相信,人即使死在他乡,他的魂魄也会随着亲人的呼唤而归来。这样一想,似乎荒芜辽远的边鄙之地也不那么可怕。柳宗元行到此地,不但没有惊恐悲哀,反倒打起精神,相信自己终有一日能够回到京城。他犹自对江上的风浪开起玩笑:现在正是太平年代,可不要把我们错当作龙宫水府的客人了。

陆游特别景仰屈原,平生一大爱好就是"痛饮读《离骚》"。他自诩"平生离骚读千遍"(《寄题吴斗南玩芳亭》),将《离骚》《招魂》当作常伴身边的"好友",在写诗的时候也常常取法于屈原,"尽拾灵均怨句新"(杨万里《跋陆务观剑南诗稿》),甚至幻想过回到战国末期的楚国去,"飞棹中流救屈平"(《乙丑重五》)。

陆游对屈原抱有特殊的情感,和他自身的经历不无关系。陆游生于北宋末年,在战乱中度过了颠沛惶恐的童年,成年之后,他将自己锤炼成上马能杀敌、下马能草檄的文武全才,满心要扫清六合之内的胡尘,光复中原。但他的报国之路充满了崎岖:陆游先是因为才华被秦桧嫉恨,将他从科考的金榜上除名,等秦桧病逝,陆游才得以踏上仕途。正当他准备一展抱负的时候,却发现朝中充斥着贪安堕落的空气,没有几个人真心相信"复国"的旧话,正是:"和戎诏下十五年,将军不战空临边。朱门沉沉按歌舞,厩马肥死弓断弦。"(《关山月》)这使他想起屈原"举世皆浊我独清,众人皆醉我独醒"(《楚辞·渔父》)的悲哀。陆游的理想显得格格不入,他很快就受到了"鼓唱是非"的指责,被罢官还乡。

还乡以后的陆游写过一首诗:"屈子所悲人尽醉,邺生常谓我非狂。知心赖有青天在,又炷中庭一夕香。"(《晚兴》)屈原眼睁睁地看着自己的国家在歌舞升平中走向毁灭,陆游又何尝不是呢?他不得不忍受主和派幸灾乐祸的眼神,收拾起他的壮志黯然离去。复国的希望,就在偏安一隅的岁月里一天天变得渺茫。陆游感到和屈原一样孤独,只好用躬耕来排解闲居岁月的苦闷,梁启超评论晚年的陆游,说他是"辜负胸中十万兵,百无聊赖以诗鸣"(《读〈陆放翁集〉》其二)。但陆游毕竟比屈原幸运几分,晚年的陆游尽管仍然惦记着北地的铁马冰河,却不必像屈原一样行吟泽畔形容枯槁,因为他还能够回到山阴老家,得到故乡田园山水的抚慰,偶尔也有笑谈:"人间清绝沅湘路,常笑灵均作许愁。"(《芳华楼夜宴》)

屈原得到过如此多人的惺惺相惜，其中与他的气质和命运都最接近的一个，恐怕要数西汉初年的贾谊了，司马迁将他二人的事迹并作一处，一起写成了《屈原贾生列传》。诗人们也常常将"屈贾"相提并论，杜甫写他们身世相类："中间屈贾辈，谗毁竟自取。郁没二悲魂，萧条犹在否？"（《上水遣怀》）陆游说他们才情相当："诗家三昧忽见前，屈贾在眼元历历。"（《九月一日夜读诗稿有感走笔作歌》）甚至他们的情感和思念也是相似的，欧阳修就说："屈贾江山思不休，霜飞翠葆忽惊秋。"（《送赵山人归旧山》）

贾谊少负才名，在十八岁的年纪就已经崭露头角，汉文帝与他谈论天下大事，每每击节赞叹，仅仅一年之内，就把他破格提升为太中大夫。年轻的贾谊意气风发，压倒群伦，正是"儒生首出通时务，年少群惊压老成"（黄遵宪《长沙吊贾谊宅》）。贾谊和汉文帝的相逢，本应该成就一段贤才遇上明君的美谈——这样千载难逢的机会，多少人终其一生也没有等到。韩愈曾经说过："千里马常有，而伯乐不常有。故虽有名马，只辱于奴隶人之手，骈死于槽枥之间。"（韩愈《马说》）相比之下，贾谊这匹千里马是何其幸运。

贾谊踌躇满志，为文帝献上一系列制度筹划，"改正朔，易服色，法制度，定官名，兴礼乐"（司马迁《史记·屈原贾生列传》），却意外地被当头浇了一盆冷水：许多官僚和宗室成员联起手来反对他。这些人有的出于维护自己的利益，有的则是对贾谊少年得志嫉恨已久——跟朝中绝大多数人比起来，贾谊实在太过年轻，却得到了太多的倚重。他的锋芒使得很多人为之侧目,尤其是周勃、灌婴这些以军功居位的老臣,哪里肯把这个年轻文弱的书生放在眼里?李白在《行路难》里也曾说"淮阴市井笑韩信,汉朝公卿忌贾生",大臣们纷纷上书,攻击贾谊"年少初学,专欲擅权,纷乱诸事"(司马迁《史记·屈原贾生列传》),用尽一切办法排挤他。

汉文帝绝不敢轻视这些反对声,因为他早年正是凭借周勃、灌婴的拥戴才击败吕氏,登上了帝位。于是,汉文帝逐渐疏远了贾谊,最终将他贬为长沙王太傅。贾谊被迫离开了长安,他南下途径湘水,在极度哀伤失望之中,仿佛看见了在这里投江自沉的屈原,听见了《离骚》终章"已矣哉!国无人兮,莫我知也"的悲叹。现实中无处倾诉,贾谊只好向古代的贤人一吐胸中块垒,他写了一篇《吊屈原赋》,既是凭吊屈原,又是在哀痛自己理想的失落:"国其莫我知兮,独壹郁其谁语?"他们的愤懑是相似的,贤才招人嫉恨,而忠言不被采纳:"鸾凤伏窜兮,鸱枭翱翔。阘茸尊显兮,谗谀得志;贤圣逆曳兮,方正倒植。"贾谊与屈原虽然远隔百年光阴,彼此之间却有一种同病相怜的情感,唐代戴叔伦经过贾谊的旧居,想到这篇《吊屈原赋》,亦有所感:"一谪长沙地,三年叹逐臣。上书忧汉室,作赋吊灵均"(《过贾谊宅》),"谩有长书忧汉室,空将哀些吊沅湘"(《过贾谊旧居》)。

对于屈原的悲剧,人们尚且能归咎于国君昏聩、时世黑暗,而贾谊生于汉初的清平时代,又遇上了汉文帝这样的明君,但刚刚受到重用就无端罹祸,落得与屈原相似的结果,令人不得不感叹朝堂上的人心险恶,也更加为贾谊的悲剧而扼腕叹息。白居易《读史》其一就拿屈、贾二人来做对比,认为贾谊的憾恨甚至比屈原更深:

楚怀放灵均，国政亦荒淫。
彷徨未忍决，绕泽行悲吟。
汉文疑贾生，谪置湘之阴。
是时刑方措，此去难为心。
士生一代间，谁不有浮沉。
良时真可惜，乱世何足钦。
乃知汨罗恨，未抵长沙深。

士人们殷殷期盼的"明君"，也会辜负像贾谊这样的贤才，这是许多古代读书人走不出的困境。王勃的《滕王阁序》就说过"屈贾谊于长沙，非无圣主"。刘长卿的《长沙过贾谊宅》一诗，也曾经点破过这种无奈：

三年谪宦此栖迟，万古惟留楚客悲。
秋草独寻人去后，寒林空见日斜时。
汉文有道恩犹薄，湘水无情吊岂知？
寂寂江山摇落处，怜君何事到天涯。

刘长卿本是天宝年间的进士，可惜时运不济，还没等到揭榜，就遇上了安史之乱的大变局。好容易等到战争平定，刘长卿陆续任转运判官之类的官职，他性情刚强，为官之处都纲纪严明、吏治井然："傲其迹而峻其政，能使纲不紊，吏不欺。"（《送长洲刘少府贬南巴使牒留洪府序》）但他虽有才干，却因为个性耿直而不容于官场，最终"刚而犯上，两遭迁谪"（高仲武《中兴间气集》）。

战争离乱、政治失意，使得刘长卿对于屈原和贾谊的故事有了别样的感触。他也曾经过长沙，这里还遗留着楚风汉月时候的凄凉寂寞，"汉口夕阳斜渡鸟，洞庭秋水远连天。孤城背岭寒吹角，独戍临江夜泊船"（《自夏口至鹦鹉洲夕望岳阳寄元中丞》），分外触动迁客骚人的哀思。刘长卿怜惜贾谊的才华，同情他无辜受难，而贾谊的身世仿佛就是他的影子一般，在孤独失意的关头成为他唯一的陪伴。刘长卿对贾谊有着深切的同情，也为长沙这个伤感的地名写下许多喟叹："贾谊上书忧汉室，长沙谪去古今怜。"（《自夏口至鹦鹉洲夕望岳阳寄元中丞》）"惆怅长沙谪去，江潭芳草萋萋。"（《苕溪酬梁耿别后见寄》）"乡心新岁切，天畔独潸然。老至居人下，春归在客先。岭猿同旦暮，江柳共风烟。已似长沙傅，从今又几年。"（《新年作》）

贾谊在长沙度过了三年清冷的谪居生涯，某一日，汉文帝困惑于鬼神之事而得不到解答，于是又想起了被他弃置了许久的贾谊，将他召回长安，在未央宫祭神的宣室与贾谊相见，向他问起鬼神的由来。贾谊为汉文帝条分缕析，原原本本地解释了个明白，两人一直谈到深夜，汉文帝听得入迷，一边听，一边不知不觉地移坐到席子的前端。直到贾谊讲完了，文帝才感叹道："我许久没有见到贾生了，自以为已经超过了他，今日一见，又自愧不如。"

不难想象，贾谊对这次会面曾经是多么期待，他胸中还有许多谋略未曾献上，还有许多宏图大计未曾付诸实践，且他离开长安三年，又见了那么多地方上的风土民情，他实在有太多话想对汉文帝说了。但汉文帝见了他，对这些一概不问，只对虚无缥缈的鬼神之事感兴趣。这个结果不得不令人感到遗憾。李商隐曾经写诗讽刺道：

宣室求贤访逐臣，贾生才调更无伦。
可怜夜半虚前席，不问苍生问鬼神。
《贾生》

汉文帝的"前席"无关乎苍生的福祉，也没有改变贾谊的命运——虽然当年排挤过他的大臣们已经不再当权，灌婴已经在丞相任上死去，而周勃也被罢相，回到了自己的封地，但汉文帝并没有因此将贾谊留在身边，而是让他到自己小儿子梁怀王的封国去当太傅。汉文帝虽然是青史流芳的"明君"，但在用人的问题上并不算十分公道，贾生有经天纬地之才，却得到飘零沦落的结果，那么最受汉文帝亲近的又是些什么人呢？王禹偁《读汉文纪》曾经将贾谊和邓通拿来对比："贾生多谪宦，邓通终铸钱。谩道膝前席，不如衣后穿。"

邓通是汉文帝时期的弄臣，司马迁说，邓通没有别的能耐，也不能推荐贤士，他的安身立命之道就是小心谨慎，亲媚于皇帝。邓通的发迹之路颇为神奇，他本是一个负责划船的黄头郎，后来平步青云，全因皇帝的一场梦：汉文帝信鬼神、好长生，有一晚梦见自己飘飘悠悠，将要羽化登仙，但还差最后一步，怎么也登不上去，正在万分着急之时，有一个黄头郎在背后助了一臂之力，将他推上天去。文帝一回头，看见这个黄头郎穿着一件横腰衫褥，衣带在背后打了一个结。梦醒以后，文帝暗中查看，正好看见邓通的衣带结在背后，便认定他就是梦中的黄头郎，于是分外宠幸他，甚至赐给他一座铜山来铸钱。贾谊在长沙时，曾写过一篇《谏铸钱疏》，指出私人铸钱会使得国家币制混乱，对于国计民生都十分有害，但文帝宠爱邓通，并没有采纳贾谊的意见。王禹偁感叹"谩道膝前席，不如衣后穿"，认为贾谊空有一身治国的才略，竟然还比不上邓通背后的衣结，皇帝的亲疏好恶实在是再荒唐不过了。

如果说邓通只是一介宠嬖，不能算是左右朝政的重臣，那当时的朝廷上又是什么样的人最得信赖呢？刘禹锡的《咏史》其二，对汉文帝用人不当颇有微词：

贾生明王道，卫绾工车戏。
同遇汉文时，何人居贵位？

贾谊胸有济世之才，而卫绾只是以杂耍逗乐起家，最终却位极人臣。卫绾官居宰相多年，既无拾遗补阙之功，亦无兴利除弊之绩，司马迁也说他"自初官以至丞相，终无可言"（《史记·万石张叔列传》）。在后人的评论里，卫绾恐怕难逃"尸位素餐"的指责，但当时的人却未必这样想，他们嫉妒贾谊刺眼的光芒，反倒认为卫绾的无所作为是一种"忠厚长者"的风范。因此贾谊遭到谗毁，而卫绾却凭着"谨慎自守"得到了文、景二帝的器重，两者对比之下，不得不令人感到命运的荒谬和讽刺。

刘禹锡这一番议论也是事出有因的：他与柳宗元既是同榜进士，又同是"永贞革新"的参与者，当革新失败，他们也同时被贬谪到遥远的边地。《新唐书》说："禹锡恃才而废，褊心不能无怨望"。他和贾谊一样，本来有志于为国家兴利除弊，不料因为触动权贵的利益而遭到反扑。贾谊贬谪三年，已经万般煎熬，"长沙卑湿，自以为寿不得长"（《史记·屈原贾生列传》），而刘禹锡则"巴山楚水凄凉地，二十三年弃置身"（《酬乐天扬州初逢席上见赠》），他本是一名锐意进取的改革者，却被当成了沉舟病树，抛弃到无人过问的远郡。晚唐的时候宦官把持朝政，对于正直的朝臣非常忌惮，朝廷上庸人当道，而英俊之才则沉沦下僚。在这种环境之下，刘禹锡仍然坚持着自己的本心，他在《咏史》其一里说："世道剧颓波，我心如砥柱。"这种刚毅昂扬的态度，时常见于刘禹锡贬谪时期的诗作里：

莫道谗言如浪深，莫言迁客似沙沉。
千淘万漉虽辛苦，吹尽狂沙始到金。
《浪淘沙》

这种不服输的精神支撑着刘禹锡度过艰难的岁月。和一般伤春悲秋的文人不同，他常常在萧索的情境中看到辽远壮阔的气象。他不但不悲秋，反说"晴空一鹤排云上，便引诗情到碧霄"（《秋词》其一），他笔下的秋风也是爽朗壮健的："马思边草拳毛动，雕眄青云睡眼开。天地肃清堪四望，为君扶病上高台。"（《始闻秋风》）朝中奸佞的打压始终没有击垮他的精神，反而使他的诗句增添了傲视群小、独立不移的气概。刘禹锡当年讥讽小人得志，说"玄都观里桃千树，尽是刘郎去后栽"（《元和十年自朗州承召至京，戏赠看花诸君子》），因此贻人口实而遭到报复，等他历尽艰辛地归来，仍不改当年的斗志，笑看那些曾经飞扬跋扈，而今不知去向的小人："种桃道士归何处？前度刘郎今又来。"（《再游玄都观》）

在刘禹锡的诗中，常常能读到这种振衰起废、催人向上的精神力量，他虽然仕途屡屡受挫，又常年在偏远落后之地度过贬谪生涯，却出人意料地熬过了一次又一次的打击，最后以七十高龄离世，被追赠户部尚书。倘若贾谊在失意之时能有刘禹锡这样的胸襟气概，大概就不会因为梁怀王的意外落马而过度哀伤，以致抑郁身亡。贾谊去世时年仅三十三岁，他的才华与年寿是如此不相称，仿佛是一颗划破苍穹照亮黑夜的彗星。尽管如此，贾谊仍在异常短暂的政治生涯里发挥了极其重要的影响，他的《过秦论》《论积贮疏》《治安策》等，不仅是千古流芳的美文，更对西汉初年的政策产生了深远的影响，为文景之治和汉武盛世奠定了基础。他甚至预见到了日后的吴楚七国之乱，在去世之前早早定下了部署。凭贾谊超越群伦的政治远见，倘若上苍多给他几年时间建言献策，也许西汉就会是一番更加壮阔的格局。

苏轼写过一篇《贾谊论》，说贾谊的悲剧"未必皆其时君之罪，或者其自取也"。他批评贾谊气度不足，以至于为了一时的挫败而自毁自伤："观其过湘,为赋以吊屈原,萦纡郁闷,趯然有远举之志。其后以自伤哭泣,至于夭绝,是亦不善处穷者也。夫谋之一不见用,则安知终不复用也?不知默默以待其变,而自残至此!呜呼,贾生志大而量小,才有余而识不足也。"苏轼这一番见解,不仅是对历史故事的评论,也是对自我人生体验的总结。苏轼先是因为反对王安石变法而获罪于新党,后来旧党上台,他又因看不惯司马光尽数废除新法中的善政,而不见容于旧党。苏轼主张或者反对某观点,都是出于为国为民的考虑,但朝廷上新旧两派党同伐异,一切的观点都被视为"站队"行为,苏轼因此处处受到排挤,三次被贬出京城,而且流放地一次比一次偏远。倘若苏轼从此一蹶不振,灰心丧气,恐怕就永远地葬身在南方的瘴疫之地了。

所幸的是,苏轼是一个豁达乐观之人,他的思想里除了儒家的济世精神,也糅合了释道的超脱出世,所以他既能够为天下苍生谋福祉而不顾个人安危,又能够对名利场上的得失起落淡然处之。他在失意时写下的《定风波》就是这种旷达精神的写照:

莫听穿林打叶声,何妨吟啸且徐行。竹杖芒鞋轻胜马,谁怕?一蓑烟雨任平生。　　料峭春风吹酒醒,微冷,山头斜照却相迎。回首向来萧瑟处,归去,也无风雨也无晴。

苏轼性情耿直,看到官场上的小人、弊政,就"如食内有蝇,吐之乃已"(朱弁《曲洧旧闻》),自己也屡次因此在官场受挫。弟弟苏辙也说他

"见义勇于敢为，而不顾其害。用此数困于世，然终不以为恨"（《亡兄子瞻端明墓志铭》）。政治上的宠辱起伏就像是自然界的风霜雨雪一样，既然不以人的意志为转移，也就无妨坦然受之。

苏轼的前辈兼恩师欧阳修曾经说过："行见江山且吟咏，不因迁谪岂能来。"（《黄溪夜泊》）乐观地来看，倘若不是遭到贬谪，他们估计永远也没有机会看到这些风景名胜。苏轼也一样，他处于困顿之中仍然有审美的愉悦——黄州有山珍水族之美："自笑平生为口忙，老来事业转荒唐。长江绕郭知鱼美，好竹连山觉笋香。"（《初到黄州》）惠州有佳果风味："日啖荔枝三百颗，不辞长作岭南人。"（《食荔枝》）儋州则有海天形胜："九死南荒吾不恨，兹游奇绝冠平生。"（《六月二十日夜渡海》）苏轼在左迁生涯中并不只欣赏美景品味美食，他仍然像处于庙堂之上一样关心百姓的生计，他每被贬到一个地方，都居官清正，为民兴利除弊。苏轼在《自题金山画像》里说："问汝平生功业，黄州惠州儋州。"这话半是自嘲，却也有一点自豪的意味。当他从儋州北归，临行前作了《别海南黎民表》："我本海南民，寄生西蜀州。忽然跨海去，譬如事远游。"他没有把儋州看作偏远的异域，而是将这里的人民看作自己的父老，正是所谓"此心安处是吾乡"（苏轼《定风波》）。

苏轼的《贾谊论》实际上可以看作某种自我警策，他说："有高世之才，必有遗俗之累。"像贾谊和苏轼这样的人，常常因为卓越的才情见识而难以与庸俗之辈同流，难免遭人嫉恨、命途多舛，既如此，就更应该自我开导勉励，韬光养晦以待时机。倘若自己先忧愁沮丧，自伤自残，即使遇上明主，也难以竭尽其才。苏轼同时也提醒说："亦使人君得如贾生之臣，则知其有狷介之操，一不见用，则忧伤病沮，不能复振。"他希望君主能够爱惜人才，使贾谊的悲剧不再重演。

王安石与苏轼在朝廷上亦敌亦友，私底下却惺惺相惜。作为一个有志于改革的人，王安石很早就倾慕贾谊，他早年写过一首《贾生》，将贾谊引为自己的同道：

汉有洛阳子，少年明是非。
所论多感慨，自信肯依违？
死者若可作，今人谁与归？
应须蹈东海，不但涕沾衣。

战国的鲁仲连因不愿做秦的子民，宁愿蹈东海而死，王安石认为他比不上贾谊，贾谊看到世间的种种不平，不是选择隐遁逃避，而是积极献策以图改革，他在给汉文帝献上的《治安策》中说："臣窃惟事势，可为痛哭者一，可为流涕者二，可为长太息者六。"贾谊对国事的执着与热忱，正是王安石所钦佩仰慕的。

王安石以贾谊自况，希望能变法救时，改善北宋积贫积弱的状况，在他主持熙宁变法之初，宋神宗对他言听计从，连他的反对者对此也无可奈何，说："上与安石如一人，此乃天也。"（语见李焘《续资治通鉴长编》）但随着变法深入，反对派的声浪加大，王安石与宋神宗的矛盾分歧也逐渐显露出来，熙宁七年（1074），宋神宗罢免了王安石的宰相职务，尽管王安石一年后再度拜相，但他与宋神宗的默契早已不复当年。他自己也感叹说，神宗对他的提议"只从得五分时也得也"。他的另一首《贾生》诗尤其值得玩味：

> 一时谋议略施行，谁道君王薄贾生？
> 爵位自高言尽废，古来何啻万公卿！

王安石并未将贾谊作为"怀才不遇"的典型。在他看来，虽然贾谊遭遇不幸，但他为汉文帝规划的谋略大体上都得到了采纳。实际上，贾谊通过汉文帝实现了他治国的理想，对于一个士大夫而言，还有什么待遇能比这更高呢？班固在《汉书·贾谊传》中也说："谊亦天年早终，虽不至公卿，未为不遇也。"王安石晚年被封为荆国公，比起贾谊的境况要安逸得多，但彼时他早已失去左右时局的能力。宋神宗去世、哲宗即位以后，反对新法的太皇太后高氏垂帘听政，起用旧党的司马光为相。王安石变法的政策被悉数废除，其一生心血付诸东流，比起贾谊恐怕会有更深的苦楚。

怀抱治国理想而遭遇现实挫折的人，都从屈原和贾谊的理想中看到了自己当年的影子，也从历史先贤的孤独忧愤中得到了些许的共鸣，因此，屈、贾二人才得到了如此多的同情和咏叹。屈原自沉汨罗，贾谊痛哭流涕，杜甫穷愁奔走，陆游僵卧孤村，苏轼竹杖芒鞋，与其说他们的困顿源于现实生活的艰难，不如说是受到内心理想和责任感的驱使。这些去国怀乡之人有过的一些穷愁忧戚之辞，在后人心目中，并非是一些失败者的牢骚，他们的忧患反倒令人激昂,感受到希望的力量,宣告了理想和灵魂对于黑暗现实的超越和胜利。这也是为何他们愿意为了未曾谋面的苍生百姓而牺牲自己的福祉,为了高洁的信仰而对高爵厚禄视如鸿毛。

何处望神州

体国经野

在没有人造卫星的时代，视野之外的世界就像一个诱人的传说，虽不可见，却在口口相传中积累下真实的分量。人们通过绘制地图延展自己的视线，《周礼》中有所谓"体国经野"的说法，说的是国家初定之时，要派人划分都城的区域，丈量田地的大小。可以想象，那些不知名的小吏忙忙碌碌地跑遍了全国，他们积年累月的成果汇集起来，才令咫尺大的地图上显现出国家的全貌。

文学里也有一幅国家地图。南朝的刘勰在《文心雕龙》中写道："夫京殿苑猎，述行序志，并体国经野，义尚光大，既履端于倡序，亦归馀于总乱。"他注意到，楚辞汉赋中有大量描写游猎行旅的作品，这些文章不辞繁复地描写山川气势和苑囿奇景，不仅是在描画地理的空间，更是将它们视为国家和君王的象征。这也是一种"体国经野"：文学家在尺牍上画出了一幅层次更加丰富的国家地图。几千年沧海桑田，地图上的中国早已不是秦始皇当年的面貌，而我们心理上的国家地图更加复杂——在所有山川湖泊、城池田郭之外，还有一个时间的维度，历史造就了我们对家国的理解，诗词则为它增添了风韵与情愁。

若在地图上搜寻"玉门关"这个地名，你会在甘肃敦煌的西北找到它：一座兀然蹲踞在漫漫黄沙中的四方土城。不过，纵然你从不知道它的地理坐标，也可以从"玉门关"三个字上隐隐听见塞外风沙的呼啸，看见杨柳枝头一点珍贵的绿意。李白有一首《关山月》，描绘了玉门关的壮阔景色，也诉说了这里的苍凉往事：

> 明月出天山，苍茫云海间。
> 长风几万里，吹度玉门关。
> 汉下白登道，胡窥青海湾。
> 由来征战地，不见有人还。
> 戍客望边邑，思归多苦颜。
> 高楼当此夜，叹息未应闲。

自从汉武开边，玉门关就成了河西走廊上一个瞩目的据点：在和平年代，丝路的驼铃和商队在这里歇息，西域的白玉从这里进入中原，而烽烟一起，它又成了兵家争夺的要地。

对于惜别的古人来说，这个遥远的地名令他们担忧：此去经年，鱼书雁帛都不能到达，他们会走出多远的路，看到什么样的奇景？当地的饮食，是否还能习惯？塞外的寒冬，恐怕比故乡来得更早些吧？一切都不得而知，担忧和挂念是他们仅有的关怀方式，一头牵着游子，一头系着故人。几千年丝丝缕缕的牵挂收束进诗里，"玉门关"就像是这些丝线捻成的结,尽管只有极少的人亲自游历过它,但几乎每个人心中都有这样一座关隘,黄河远上白云间,在千山万壑里横亘着。它阻断了故土的温暖安逸,导向茫茫未知的前途,同时,也如同一个可以安歇的据点,让忍受离愁的家人有了遥望的方向。

家人的担忧不是没有理由的。尽管西域有种种瑰丽的出产,无数的宝马美玉都囤积在玉门关,等待着被送到长安卖出令人咋舌的价钱,但相比于人们世代安居的中原,西北边陲实在是有些荒凉,气候也过于奇特了:刮起风,就是"轮台九月风夜吼,一川碎石大如斗,随风满地石乱走"(岑参《走马川行奉送封大夫出师西征》);下起雪,就是"北风卷地白草折,胡天八月即飞雪。忽如一夜春风来,千树万树梨花开"(岑参《白雪歌送武判官归京》)。这还不算什么,在雪山大漠间驱驰的游牧民族更令人不敢小觑。人们一次次地目送出征或者和亲的队伍走向西北,却极少见到谁从那里归来。唐代李颀写过一首《古从军行》,西北的景色和它的历史交织在一起,使人为它的辽阔悲壮而惊叹:

> 白日登山望烽火,黄昏饮马傍交河。
> 行人刁斗风沙暗,公主琵琶幽怨多。
> 野云万里无城郭,雨雪纷纷连大漠。
> 胡雁哀鸣夜夜飞,胡儿眼泪双双落。
> 闻道玉门犹被遮,应将性命逐轻车。
> 年年战骨埋荒外,空见蒲桃入汉家。

中国的北方边境，似乎总带有一点狼烟的气味，长城修了又修，国境线几度迁移，即便刀兵不起，这里也是"有日云长惨，无风沙自惊"（李益《登长城》），一阵秋风，一声马鸣，都会牵动起人们对家国的担忧。从先秦的时候起，就有无数的民夫被征发到修长城的行伍中，每一块城砖都像他们一样无名而静默。全国各地不知有多少寒衣送向这里，一并带来了家中妻子的梦魂，然而有多少人能盼到它，又有多少人在此之前就无声无息地死去？陈琳的《饮马长城窟行》令人读之泣下：

> 饮马长城窟，水寒伤马骨。
> 往谓长城吏，慎莫稽留太原卒。
> 官作自有程，举筑谐汝声。
> 男儿宁当格斗死，何能怫郁筑长城。
> 长城何连连，连连三千里。
> 边城多健少，内舍多寡妇。
> 作书与内舍，便嫁莫留住。
> 善待新姑嫜，时时念我故夫子。
> 报书往边地，君今出语一何鄙。
> 身在祸难中，何为稽留他家子。
> 生男慎莫举，生女哺用脯。
> 君独不见长城下，死人骸骨相撑拄。
> 结发行事君，慊慊心意关。

明知边地苦，贱妾何能久自全。

然而他们的血汗也没有白流，无数平民拼上自己的身躯性命，在崇山之上铸成了一道屏障，这个奇迹般的伟大工程庇护着中国北方辽阔厚重的黄土地。

就拿西安来说，它被称作长安时，曾经以天朝上国的威仪倾倒世界。王维写过它的尊贵宏丽："绛帻鸡人报晓筹，尚衣方进翠云裘。九天阊阖开宫殿，万国衣冠拜冕旒。日色才临仙掌动，香烟欲傍衮龙浮。朝罢须裁五色诏，佩声归到凤池头。"（《和贾至舍人早朝大明宫之作》）"渭北走邯郸，关东出函谷。秦地万方会，来朝九州牧。鸡鸣咸阳中，冠盖相追逐。丞相过列侯，群公钱光禄。"（《冬日游览》）

而宫殿以外就更热闹了，汉长安城就是"北堂夜夜人如月，南陌朝朝骑似云"（卢照邻《长安古意》），笔直的街道上，萧何的车马扬起尘土，游侠儿携着猎鹰和宝剑呼啸走过。而唐长安城更叫人心动：酒家里有太白醉卧，"天子呼来不上船，自称臣是酒中仙"（杜甫《饮中八仙歌》）。教坊里有色艺俱佳的乐伎，若想听一曲琵琶，得送上顶好的红绡做缠头，来换半晌大珠小珠落玉盘；若想观舞，可以去寻公孙大娘，围观的人群像海潮一般，其中就站着幼年的杜甫，中年以后他想起这一幕，仍记得"爠如羿射九日落，矫如群帝骖龙翔。来如雷霆收震怒，罢如江海凝清光"（杜甫《观公孙大娘弟子舞剑器行》）；若要听长安城里最美妙的歌声，就得去念奴的歌楼，只要她"飞上九天歌一声"，整个热闹的长安城都会瞬间安静下来。

若是厌倦了坊市的喧嚣，想寻一个清净的去处，不妨到大雁塔附近走走。它高高地耸立在红尘之外，正是："登临出世界，磴道盘虚空。突兀压神州，峥嵘如鬼工。四角碍白日，七层摩苍穹。"（岑参《与高适薛据登慈恩寺浮图》）。不仅如此，大雁塔内还藏着西域求来的真经，使它放射出异样的瑞气金光，引来无数善男信女虔心朝拜。那一年的大雁塔里，译经的玄奘有些疲倦，他坐在禅床上冥思，春风翻动案头的卷宗，又听得檐角上的梵铃发出清响。

　　正因为长安有过这样辉煌的岁月，它的衰落才格外令人扼腕。人事有代谢，往来成古今，鲜花着锦的长安也无法抗拒历史的轮回：阿房宫还未建好便被焚毁，烈火三月不熄。取而代之的是西汉的未央宫、长乐宫。东汉时，国都迁到洛阳，董卓又烧毁了洛阳的宫殿，挟持着汉献帝迁回长安。此时，汉室的气数已尽，长安城也失去了汉高祖时的气象。在城外，许多人打着勤王的旗号讨伐董卓，同时暗暗地觊觎着帝王的宝座。曹操的《蒿里行》记录下了这一幕：

    关东有义士，兴兵讨群凶。
    初期会盟津，乃心在咸阳。
    军合力不齐，踌躇而雁行。
    势利使人争，嗣还自相戕。
    淮南弟称号，刻玺于北方。
    铠甲生虮虱，万姓以死亡。
    白骨露于野，千里无鸡鸣。
    生民百遗一，念之断人肠。

曹操的视野远远地延伸到目光无法触及的地方，几年的戎马倥偬令他可以纵观整个中国的北方。他们起兵的盟津在今天的河南孟州市，这里也是传说中周武王结盟八百诸侯发兵伐纣的会合地。历史和现实似乎在他们结盟的那一刻重叠了，结局却讽刺性地走向了歧途：跟一呼百应的周武王不同，讨伐董卓的军队貌合神离、互相观望，畏缩不前、按兵不动，甚至是自相残杀。他们讨伐董卓没有成功，却为了自己的私利争斗起来。长年的征战使得士兵身上的铠甲长出了虱子，烽烟代替了百姓的炊烟，和平时代的鸡鸣犬吠早已难觅踪迹。回首盟军集结的那年，曹操也许想到了武王伐纣时"吊民伐罪"的旗号，但现实不得不令他感到厌恶和悲哀：百姓往日忍受的横征暴敛非但没有减轻，他们反而要遭受更深重的折磨。

宏丽的都城令野心家垂涎，为了夺取它，不惜先用战火将它烧毁。曹操写《蒿里行》的时候，对这些成事不足的军阀厌憎至极。同时代的王粲写的《七哀诗》，则更多是站在一个普通人的视角，描画汉末长安哀鸿遍野的一面：

西京乱无象，豺虎方遘患。
复弃中国去，委身适荆蛮。
亲戚对我悲，朋友相追攀。
出门无所见，白骨蔽平原。
路有饥妇人，抱子弃草间。
顾闻号泣声，挥涕独不还。

未知身死处,何能两相完。
驱马弃之去,不忍听此言。
南登霸陵岸,回首望长安。
悟彼下泉人,喟然伤心肝。

饥妇的哀语,字字泣血,令闻者惨然。谁还能认出此时的长安城?建起它,需要高祖的基业、文帝景帝的经营、武帝的开拓飞扬,而毁坏它,只要几个"豺虎"作祸,几代人的积累就瞬间化为土灰。

中唐以后的长安不比汉末更幸运。安史之乱后,唐王朝不可遏制地衰败了下去,它们相似的命运经常引起诗人的联想。李贺跟很多同时代诗人一样,在汉代的兴衰中看出了本朝的结局,他的《金铜仙人辞汉歌》虽然句句是写遥远的汉朝,但哀悼的意味却指向了暮气沉沉、日薄西山的唐朝:

茂陵刘郎秋风客,夜闻马嘶晓无迹。
画栏桂树悬秋香,三十六宫土花碧。
魏官牵车指千里,东关酸风射眸子。
空将汉月出宫门,忆君清泪如铅水。
衰兰送客咸阳道,天若有情天亦老。
携盘独出月荒凉,渭城已远波声小。

金铜仙人是汉武帝建造的,它矗立在神明台上,"高二十丈,大十围"。金铜仙人见过汉朝最辉煌的年代,又眼睁睁地看着国祚终结。魏明帝景初元年(237),它被拆离汉宫,运往洛阳。李贺写《金铜仙人辞汉歌》的时候,也正在由长安前往洛阳的途中。他本是唐室宗亲,却没有沾到多少祖先的余荫,多年来进仕无望、报国无门,此时又因病辞去奉礼郎职务,不由得"百感交并,故作非非想,寄其悲于金铜仙人耳"(朱自清《李贺年谱》)。李贺的家国之痛、身世之悲,竟能灌注到没有生命的铜人上,使它们也能看见茂陵的汉墓,听见渭水的波声,甚至教它们懂得心酸眼痛、落下铅水样的清泪,这样奇特的想象,的确无愧于"诗鬼"之名。

北方遭受的战火实在太多,使人几乎忘记它曾经的安详岁月——就像《诗经》的《周颂·载芟》里记述的那样,周的先民们得到黄河的滋养,在广阔厚重的沃土上劳作:"载芟载柞,其耕泽泽。千耦其耘,徂隰徂畛。""有略其耜,俶载南亩。播厥百谷,实函斯活。"这样的颂词在宗庙的钟鼓声中演唱,代表周人郑重地怀想他们开拓和耕耘的岁月。只不过,这样的诗很少直接记录地名,因为在太平无事的年代,人们对地名的印象是模糊的。《豳风·七月》里"同我妇子,馌彼南亩,田畯至喜"的一幕,似乎可以移植到中国北方的任何一个田头。而在离乱岁月里,平民远离故土,战士踏上征途,他们渡过流水溅溅的黄河,听见燕山胡骑的嘶鸣,于是开始记住一些陌生的地名,知道了他们的国家原来有这样多的城池和土地,然而最挂念的故土却在行路中渐渐远去了。南北朝时期有一首《陇头歌辞》,我们已经无法考查作者的姓名,也许是因为北朝动荡,这首歌经过了一次次的传唱,每一个歌者都为它浸上了一把眼泪,使它成为离人共同的心声：

> 其一
> 陇头流水，流离山下。
> 念吾一身，飘然旷野。

> 其二
> 朝发欣城，暮宿陇头。
> 寒不能语，舌卷入喉。

> 其三
> 陇头流水，鸣声呜咽。
> 遥望秦川，心肝断绝。

南北朝的分裂在北宋的靖康年再一次上演。和唱着《陇头歌辞》的北人不同，宋代的难民在匆遽中走了更远的路，他们的归程被宽阔的长江阻断了。"北方"对他们而言，是只能眺望而无法踏足的。家乡沦陷，每一个南渡的北人都感到切痛，农夫想到了播种季节里长出野草的田地，孩童想到了逃难中失散的邻居玩伴，而士人们想起自己对家国的责任，更感到个人遭遇以外的一份沉重。整个南宋，几乎每一个有抱负的诗人都在眺望北方，"北方"就像一块巨大的磁石，吸引着他们千山万水也阻不断的思念。

诗说中国　家国卷

家国情怀　何处望神州

〔宋〕马和之 《豳风图》七月

七月陈王业也周公遭变故陈后
稷王业之艰
难也七月流火九月授衣一之日
觱发二之日栗烈无衣无褐何以
卒岁三之日于耜四之日举趾同
我妇子馌彼南亩田畯至喜七月
流火九月授衣春日载阳有鸣仓
庚女执懿筐遵彼微行爰求柔桑
春日迟迟采蘩祁祁女心伤悲殆
及公子同归七月流火八月萑苇
蚕月条桑取彼斧斨以伐远扬猗
彼女桑七月鸣鵙八月载绩载玄
载黄我朱孔阳为公子裳四月秀
葽五月鸣蜩八月其穫十月陨萚
一之日于貉取彼狐狸为公子裘
二之日其同载缵武功言私其豵
献豣于公五月斯螽动股六月莎
鸡振羽七月在野八月在宇九月
在户十月蟋蟀入我床下穹窒熏
鼠塞向墐户嗟我妇子曰为改岁
入此室处六月食郁及薁七月亨
葵及菽八月剥枣十月穫稻为此
春酒以介眉寿七月食瓜八月断
壶九月叔苴采荼薪樗食我农夫
九月筑场圃十月纳禾稼黍稷重
穋禾麻菽麦嗟我农夫我稼既同
上入执宫功昼尔于茅宵尔索绹
亟其乘屋其始播百谷二之日凿
冰冲冲三之日纳于凌阴四之日

写北望的词在南宋多如恒河沙数。陆游在南郑西北写《秋波媚》的时候，长安已经沦陷："秋到边城角声哀，烽火照高台。悲歌击筑，凭高酹酒，此兴悠哉。"陆游亲临抗金前线，遥望三秦之地，渴望收复而不得。他在南郑只停留了八个月时间，但这段经历却成了他终生难忘的追忆。多年以后，陆游展开长安的地图，往日的铁马秋风仿佛又在眼前：

> 许国虽坚鬓已斑，山南经岁望南山。
> 横戈上马嗟心在，穿堑环城笑虏孱。
> 日暮风烟传陇上，秋高刁斗落云间。
> 三秦父老应惆怅，不见王师出散关。
> 　　　　　《观长安城图》

而到戴复古写《盱眙北望》的时候，整个中国北方都已在金兵的铁蹄之下了：

> 北望茫茫渺渺间，鸟飞不尽又飞还。
> 难禁满目中原泪，莫上都梁第一山。

当年隋炀帝南巡扬州，在盱眙山上修建了行宫都梁阁，炀帝穷奢极欲，隋朝二世而亡，历史的教训尚且不远，现实就让人感到了新的创痛。戴复古站在这盱眙山上眺望北方，极目渺渺之间，只有点点飞鸟来去。相比于人类，它们是多么幸运，长江也阻断不了它们的归程，寒来暑往，还能北归旧巢，而人类即使假借于舟楫，在此时也济渡不得。

辛弃疾的《菩萨蛮·书江西造口壁》，也是一首写北望的名作：

郁孤台下清江水，中间多少行人泪！西北望长安，可怜无数山。青山遮不住，毕竟东流去。江晚正愁余，山深闻鹧鸪。

郁孤台在赣州城西北角，"隆阜郁然，孤起平地数丈"（《方舆胜览》），正可以登高远望。俯瞰千山万壑之下，江水在蜿蜒流淌。这江水为何令他伤怀？据《宋史·后妃传》记载，汴京城破后，成百上千的帝子王孙、金枝玉叶都被俘虏，仅有少数人逃脱。传言中，金兵追赶隆祐太后，当时太后的卫兵不足百人，情急之下舍舟登陆，"太后及潘妃以农夫肩舆而行"。一直逃到这个江西造口，太后一行人才勉强脱离了险境。皇室尚且这样狼狈，那些南渡的平民又如何呢？辛弃疾站在这里，好像看见了当年仓皇失措的人们。江水就像是离乱年代的眼泪，人们的悲哀太深太重而无处倾诉，只能随着历史的长河"毕竟东流去"。这时候，辛弃疾偏偏听到了鹧鸪的啼声，人们说它的叫声像是"行不得也哥哥"，又传说鹧鸪"飞但南不向北"（《酉阳杂俎》），白居易的《山鹧鸪》也说："啼到晓，唯能愁北人，南人惯闻如不闻。"它的啼叫最能勾起北人的愁思，让他们想起南北分割、欲归不得的处境。

尽管北方的故国沦陷已久，很多词人甚至毕生都没有踏上故土，但这并不妨碍他们对金瓯重圆的渴望。当他们登高远眺，隔着长江的滔滔逝水，江北只是一个模糊的剪影,群山遮蔽了视线,长安不见使人愁。但看不见的灞桥和曲江仍然令他们感到熟悉亲切,因为古书里无数次咏叹过那里的秋月春风,南渡的长辈也不知向他们提起过多少次。在陆游、辛弃疾这些人心里,江南只是一个让他们舔舐伤口、积蓄力量的驿站,真正的国都永远在北方的中原,等待他们带着王师回去。

　　长江滚滚东逝,这一条没有冰冻期的河流不仅在地理上把中国划分为南北方,也一次又一次地成为古代对峙政权的边界,再加上河道绵长,沿岸繁荣富庶,长江上溯洄往来的船只终年不息——它既意味着沟通,也意味着隔绝。因此,比起浑厚壮阔的"九曲黄河万里沙"(刘禹锡《浪淘沙》),长江水里似乎流淌着更多的离别与思念。想起《红楼梦》里,众人看演《荆钗记·男祭》,林黛玉对宝钗说:"这王十朋也不通得很,不管在哪里祭一祭罢了,必定跑到江边子上来作什么?俗语说,'睹物思人',天下的水总归一源,不拘哪里的水舀一碗看着哭去,也就尽情了。"此话虽是为了打趣宝玉,却也点出了古人一种别致的寄情方式:虽然时间和空间无情地把人们分隔开来,然而还有自由的水,从古到今都在周而复始地沟通着整个世界。不能见面的男女,只要掬一捧清水,就仿佛看见了对方在江畔徘徊的身影:"我住长江头,君住长江尾。日日思君不见君,共饮长江水。"(李之仪《卜算子》)当亲朋送别的身影渐渐消失在地平线,也还有多情的流水,不远万里地追逐着行舟:"孤帆远影碧空尽,唯见长江天际流。"(李白《黄鹤楼送孟浩然之广陵》)然而这一点安慰有时也显得过于单薄了:"欲

寄两行迎尔泪，长江不肯向西流。"（白居易《得行简书，闻欲下峡，先以此寄》）

而回头来看江的另一边的南宋的都城临安，就是今天的杭州，这里似乎比北方要平静得多，长江天堑将它暂时与北方的烽烟隔离开来，使得南渡者获得了喘息的生机。人们对这个地方的感情是复杂的，一方面爱极，一方面又恨极。爱的自然是它的温柔美丽，就像韦庄《菩萨蛮》里写的一样：

人人尽说江南好，游人只合江南老。春水碧于天，画船听雨眠。垆边人似月，皓腕凝霜雪。未老莫还乡，还乡须断肠。

唐宋以后，江南的经济更加发达，这里有怡人的气候，出产丰美的鱼米，加上多年安定富庶的积累，使得草木生灵都带有润泽的色彩。杭州西湖一带，尤其聚集了其中的精华。这里晴有水光潋滟，雨有山色空蒙，热闹时是"画船载酒西湖好，急管繁弦，玉盏催传"，静谧时是"行云却在行舟下，空水澄鲜，俯仰流连"。（欧阳修《采桑子》）古往今来，更有数不尽的名士美人为它增色，索居的隐士在这里植梅放鹤，苏小小的油壁车在西陵松柏下停驻，岳飞的铁骨、于谦的忠魂在这里安葬，就连传说中化成美人的白蛇，也是在西湖的断桥头与许仙初会。西湖如斯之美，仿佛人间所有珍贵的品质都能在这里找到安置的处所，题咏它的诗作不知凡几，却都只能展示这块宝石的某个切面，就算是柳永的名作《望海潮》，也仅仅写出了它富贵繁华的一面：

东南形胜，三吴都会，钱塘自古繁华。烟柳画桥，风帘翠幕，参差十万人家。云树绕堤沙。怒涛卷霜雪，天堑无涯。市列珠玑，户盈罗绮，竞豪奢。　　重湖叠巘清嘉。有三秋桂子，十里荷花。羌管弄晴，菱歌泛夜，嬉嬉钓叟莲娃。千骑拥高牙。乘醉听箫鼓，吟赏烟霞。异日图将好景，归去凤池夸。

这首《望海潮》着实是风月无边，叶梦得《避暑录话》中记载了一个西夏归朝官的话："凡有井水饮处，即能歌柳词。"江南的风物也随着这首词而脍炙人口，盛名传到了北方。罗大经《鹤林玉露》里说："此词流播，金主亮闻歌，欣然有慕于'三秋桂子，十里荷花'，遂起投鞭渡江之志。"金主完颜亮虎视眈眈，鲸吞了半壁江山还不满足，又对杭州产生了觊觎之心。

而经历了靖康国变，人们对杭州的情感也开始起了变化：有心重振河山的人，都对偏安苟且的南宋朝廷怀着很深的憾恨，这使得人们对西湖的风月也"恨"了起来。作为南宋人，罗大经读着柳永的《望海潮》，心情也十分复杂："至于荷艳桂香，妆点湖山之清丽，使士夫流连于歌舞嬉游之乐，遂忘中原，是则深可恨耳。"（《鹤林玉露》）宋人谢处厚云：

谁把杭州曲子讴？荷花十里桂三秋。
那知草木无情物，牵动长江万里愁。

其实，这怎么能怪杭州呢？它就像那些被称作"祸水""尤物"的美人一

家国情怀 何处望神州

〔清〕周尚文 《西湖全景图屏》（局部）

样，枉自承担了贪婪酿成的罪恶。当时的杭州被改名为临安，似乎试图提醒人们收复故土。然而偏安的岁月一久，人们对这层警示也就"惯闻如不闻"了。就像韦庄《菩萨蛮》词里说的，"未老莫还乡，还乡须断肠"，南宋的君王在这里沉醉忘返，自以为依恃长江天堑便可高枕无忧。林升写了一首《题临安邸》，对他们的健忘做了尖锐的讽刺："山外青山楼外楼，西湖歌舞几时休？暖风熏得游人醉，直把杭州作汴州。"而文及翁的《贺新郎》则说得更直白些：

> 一勺西湖水，渡江来，百年歌舞，百年酣醉。回首洛阳花石尽，烟渺黍离之地。更不复，新亭堕泪[1]。簇乐红妆摇画舫，问中流、击楫谁人是？千古恨，几时洗？　余生自负澄清志[2]，更有谁、磻溪未遇，傅岩未起？[3]国事如今谁倚仗？衣带一江而已。便都道，江神堪恃。借问孤山林处士，但掉头、笑指梅花蕊。天下事，可知矣。

北方洛阳的名花早已憔悴，而南宋的君王不觉得遗憾，因为西湖的歌舞成了他们的新欢。有了"衣带一江"的庇护，似乎连北伐将士的热血也不再需要了。真不知是他们对史书过于生疏，抑或历史对现实的警戒作用实在有限，一千年前，另一个江南旧都的命运早已预

[1] 此处用东晋王导等人的典故。《世说新语·言语》："过江诸人，每至美日，辄相邀新亭，藉卉饮宴。周侯中坐而叹曰：'风景不殊，正自有山河之异。'皆相视流泪。唯王丞相愀然变色曰：'当共戮力王室，克复神州，何至作楚囚相对！'"西晋灭亡后，南渡的旧臣们为山河易色而掉泪，尚且遭到王导训斥。而南宋时，却连为故国坠泪的旧臣也没有几个了。

[2] 此处用东汉范滂的典故。《后汉书·范滂传》："滂登车揽辔，慨然有澄清天下之志。"

[3] 此两句用姜子牙、傅说的典故：姜子牙在受到周文王重用之前，曾在磻溪隐居；傅说在遇到武丁以前，曾是在傅岩筑墙的奴隶。

演了南宋的覆灭：

> 王濬楼船下益州，金陵王气黯然收。
> 千寻铁锁沉江底，一片降幡出石头。
> 人世几回伤往事，山形依旧枕寒流。
> 从今四海为家日，故垒萧萧芦荻秋。
>
> 刘禹锡《西塞山怀古》

东吴最后一任君王孙皓，借长江天险阻止西晋王濬的军队，他在江中暗置铁锥，再加以千寻铁链横锁江面，自以为是万全之计，谁知王濬用大筏数十，冲走铁锥，以火炬烧毁铁链，顺流鼓棹，径造三山，直取金陵，至此三分归晋，汉末长达八十四年的分裂结束了。

诗中"金陵王气"的所在，就是今天的南京。如果说人们对杭州是爱恨交加，对南京的情感则是悲喜交集。喜的自然是它的繁华优美，更兼钟山风雨、虎踞龙盘，优美之外别有一种崇高感，比一般的江南城市还爽朗几分。对于南京城的美，李白的《金陵酒肆留别》写得无比迷人："风吹柳花满店香，吴姬压酒唤客尝。金陵子弟来相送，欲行不行各尽觞。"到了今天，秦淮河畔也是游人如织的胜地，然而等夜幕深沉，夫子庙的商贩散去，河上的花灯熄灭，明月孤悬，只听得黑夜中江水在流淌，就骤然让人感到一种孤寂冷落，正是："山围故国周遭在，潮打空城寂寞回。淮水东边旧时月，夜深还过女墙来。"（刘禹锡《石头城》）南京在繁荣的背后透出悲伤的底色，高蟾的《金陵晚

诗说中国　家国卷

234

〔明〕郭存仁　《金陵八景图》（局部）

望》说"世间无限丹青手,一片伤心画不成",可谓至当。

南京既受益又罹祸于它天资的优厚,几千年下来,不知阅尽了多少兴亡。从它屡次易名的历史,就可以窥得些许端倪:三国时孙权在这里筑石头城,称作建业,奠定了现代南京城的根基。晋灭吴后,它改称建康,但这些王朝都不长久。谢安的棋盘朽坏了,王羲之父子的遗墨成了新贵们争相抢夺的珍宝,他们堂前的燕子又觅了新巢,剩得"吴宫花草埋幽径,晋代衣冠成古丘"(李白《登金陵凤凰台》)。直到隋军灭陈,在御花园的一口井里擒获了陈后主,这里的城邑和宫殿便被荡平为耕地,最后的"六朝金粉"也被雨打风吹去。南唐时,这里再次成为都城,称作金陵,李煜本在这里过着"笙箫吹断水云间,重按霓裳歌遍彻"(李煜《玉楼春》)的富贵日子,只因赵匡胤一句"卧榻之侧岂容他人鼾睡",南唐覆灭,金陵改名江宁。到了明清时候,又改称南京、应天府,至于太平天国时改为天京,就更是后话了。

在这里,一个王朝从兴起到隳颓都显得格外仓促,就像是城墙下涌起又退散的潮头。不论世间荣辱浮沉,石头城犹自岿然不动,它的永恒和人间的变幻形成了惊心的对比。李贺说"天若有情天亦老"(《金铜仙人辞汉歌》),可天地究竟无情,南京至今秀色依然,反衬出人间的脆弱无常。韦庄的《金陵图》写道:"江雨霏霏江草齐,六朝如梦鸟空啼。无情最是台城柳,依旧烟笼十里堤。"中国的诗人对这种无常格外敏感,金陵也因此成为古诗里最伤感的地方。王安石填过一首《桂枝香》,上阕写这里的江山如画,下阕则转为悲凉:

登临送目，正故国晚秋，天气初肃。千里澄江似练，翠峰如簇。征帆去棹残阳里，背西风、酒旗斜矗。彩舟云淡，星河鹭起，画图难足。
念往昔、繁华竞逐。叹门外楼头，悲恨相续。千古凭高对此，漫嗟荣辱。六朝旧事随流水，但寒烟衰草凝绿。至今商女，时时犹唱，后庭遗曲。

看了太多的朝代更迭，不如去寻一个平安的去处吧！要说安逸，人们常常会想到川蜀一带——这个被称为"天府之土"的地方，北部的剑门天险为它挡住了刀兵，保护了南边大片的沃土。蜀道艰难的名声由来已久，人们甚至专门为它写了一支叫《蜀道难》的乐府古曲。这首曲子在六朝的梁陈之时便有咏唱，只是前代的作品多数单薄无可观，直到李白的《蜀道难》横空出世。他开篇便惊叹"噫吁嚱，危乎高哉！蜀道之难难于上青天"，继而从蚕丛开国说到五丁开山，由六龙回日写到子规夜啼，陆时雍《诗镜总论》说他"驰走风云，鞭挞海岳"，这样的雄伟气魄，才与峥嵘而崔嵬的剑阁相称。

"一夫当关，万夫莫开。"易守难攻的地势使蜀地在许多时候都成为稳固的后方：诸葛亮在此励精图治，使它成为三国鼎立中的一足；到了唐朝，太平岁月的蜀地以富饶著称，有了"扬一益二"的美名，在战乱时期，蜀地则成为最后一个安宁的去处，庇护过许多流离失所的难民，就连皇帝也不例外——安史之乱时的唐玄宗、朱泚之乱时的唐德宗、黄巢起义时的唐僖宗，都曾经仓皇地逃进"蜀江水碧蜀山青"（白居易《长恨歌》）的蜀地。行宫见月，夜雨闻铃，蜀地尽管暂时平安，年年鲜花着锦，然而眼见"玉露凋伤枫树林，巫山巫峡气萧森"（杜甫《秋兴》其一），耳闻"猿鸣三声泪沾裳"（《巴东三峡歌》），也让人不得不为外面的形势忧心。入蜀避乱的生活孕育过许多著名的诗篇，例如杜甫的《登楼》：

> 花近高楼伤客心，万方多难此登临。
> 锦江春色来天地，玉垒浮云变古今。
> 北极朝廷终不改，西山寇盗莫相侵。
> 可怜后主还祠庙，日暮聊为梁甫吟。

杜甫对治蜀的诸葛亮是倾心仰慕的，所谓"复汉留长策，中原仗老臣。杂耕心未已，呕血事酸辛"（《谒先主庙》），诸葛亮像一支独木支撑起蜀汉的朝廷，杜甫急切期盼当代也有这样一位贤臣，可以"再光中兴业，一洗苍生忧"（《凤凰台》）。他几乎走遍了诸葛亮在蜀地留下的所有痕迹，把武侯祠外的森森翠柏看了一遍又一遍，"霜皮溜雨四十围，黛色参天二千尺"（《古柏行》）。这里的树木既因受天地造化而滋长繁茂，更因后人对诸葛亮的怀念而得到格外的爱护，"君臣已与时际会，树木犹为人爱惜"（《古柏行》）。刘备和诸葛亮情同鱼水、共计大业的往事，令千年以后的杜甫也心驰神往。然而诸葛亮星落五丈原的结局，也让他在希望之后生出几分失落——锦官城外，武侯祠在西，后主祠在东，栋梁之材和亡国之主同样享受着后人的香火供奉，让人不禁感叹历史的荒诞。

尽管如此，经历过之前的饥寒穷苦、颠沛奔波，成都的生活还是让杜甫得到了一片宁静的天空。他在江边建起草堂，"舍南舍北皆春水，但见群鸥日日来"（《客至》），天地万物都与他亲近，此时的杜甫开始享受到天伦之乐："老妻画纸为棋局，稚子敲针作钓钩。"（《江村》）尽管生活清贫，"盘飧市远无兼味，樽酒家贫只旧醅"（《客至》），也不妨碍亲朋聚会时的喜乐。

蜀中的安定生活也让杜甫不再"感时花溅泪"，他终于可以怀着平静而欢喜的心情去赏花，杜甫一口气写下了七首《江畔独步寻花》："桃花一簇开无主，可爱深红爱浅红。""留连戏蝶时时舞，自在娇莺恰恰啼。"对他来说，这样闲适的时光实在太珍贵了，锦江的春水洗净了渔阳鼙鼓以来的焦火气息，让几乎窒息的人们饱吸了一口澄净新鲜的空气。

川蜀这片土地真让人心生感激：它既滋养稻米，养育了稠密的人口，也生长名花，让人感受到生的希望和喜悦。翻检描写川蜀的诗作，似乎越是经历兵马丧乱的作者，越是激赏这里的名花盛景，杜甫之后，还有陆游。陆游先年因主张北伐而被黜免回老家山阴，而后再度出仕，在四十五岁时担任夔州通判，他将一路的所见所闻写成六卷《入蜀记》，而后赴汉中，入王炎幕府，"铁衣上马蹴坚冰，有时三日不火食"（《江北庄取米到作饭香甚有感》），度过了令他永生难忘的军旅生涯。三年后，陆游调任成都，再度入蜀，他在途中写下一首脍炙人口的绝句：

衣上征尘杂酒痕，远游无处不消魂。

家国情怀　何处望神州

〔明〕谢时臣《蜀道难》

此身合是诗人未？细雨骑驴入剑门。

《剑门道中遇微雨》

几年后，陆游的老朋友范成大也调任成都知府，他们俩在文学上相互唱和，在北伐抗金一事上也谈得投机。与故友重逢，又结交了一些意气相投的新朋友，令他感到精神一振，仿佛又回到了英勇的少年时代："锦城得数公，意气如再少。"（陆游《游大智寺》）范成大到了四川，着手整肃军纪，修整武备，在秋天举行了阅兵。陆游身披戎装参与其中，这一盛事令他激动万分：

千步毬场爽气新，西山遥见碧嶙峋。
令传雪岭蓬婆外，声震秦川渭水滨。
旗脚倚风时弄影，马蹄经雨不沾尘。
属橐缚袴毋多恨，久矣儒冠误此身。

《成都大阅》

陆游和范成大虽然被排挤出京城，但也因此呼吸到了自由的空气：在这里，他们不会动辄因为"鼓吹恢复"而受到责罚，甚至可以亲自操练军队，重温投军报国的夙愿。赵翼在《瓯北诗话》里说，陆游入蜀以后，"其诗言恢复者十之五六"。久违的军旅生活点燃了他们恢复旧山河的热望，令他们在京城临安感受到的压抑阴霾一扫而空。而蜀地不仅让他们施展了热血壮志，也用秀丽的山水名胜抚慰了他们焦灼的心，陆游尤其痴爱这里的海棠："走马蜀锦园，名花动人意。"（《张园观海棠》）"有花即入门，莫问主人谁。"（《游东郭赵氏园》）"走马碧鸡坊里去，市人唤作海棠颠。"（《花时遍游诸家园》）而范成大在宦海中浮沉半世，对这里的惬意生活也非常珍爱："手开花径锦成窠，浩荡春风载酒过。"（《题锦亭》）"十里珠帘都卷上，少城风物似扬州。"（《三月二日北门马上》）

这样的诗，似乎和我们印象里的"爱国诗"有着微妙的不同，仿佛是他们"偷得浮生半日闲"才写下的轻松之笔。其实，"爱国"并不只有"君王天下事"，像这样对一花一木、一山一水的钟情，才正是他们对家国情感的源头，且高山大河本身，也滋养了人们对于家国的眷恋。譬如洞庭湖，即便隐逸闲散如孟浩然，在目睹"气蒸云梦泽，波撼岳阳城"（孟浩然《望洞庭湖赠张丞相》）之后，也不禁生出奋发有为的雄心，而杜甫在"吴楚东南坼，乾坤日夜浮"（《登岳阳楼》）的壮景之前，也不由得联想起了自己饱经战乱的国家："戎马关山北，凭轩涕泗流。"（《登岳阳楼》）北宋的范仲淹，在这一片浩浩汤汤、横无际涯的潋滟波光之前，也写下了"先天下之忧而忧，后天下之乐而乐"（《岳阳楼记》）的壮语。"国家"对他们来说，不只是两个字组成的名词，而是一寸也割舍不下的土地，时刻也忘却不了的亲人，千金高爵也不能买断的莼鲈之思，即使去国多年，甚至客死异地，也必须"葬我于高山之上兮，望我故乡"（于右任《国殇》）。唯有对家国的爱真挚热烈，才使他们眼里的寻常花草流露出动人的情意，才使他们为之奋斗一世，"虽九死其犹未悔"（屈原《离骚》）。

这样的情感，几近于人们对恋人的欣赏：无论对方怎样普通，也自然有一种可爱风情，正所谓不足为外人道也——倘若让一个对文史毫无了解的人前来游览，虽然也能欣赏，却总觉得缺少了些什么。像"大漠孤烟直，长河落日圆"（王维《使至塞上》）、"日出江花红胜火，春来江水绿如蓝"（白居易《忆江南》），这样的句子早已一代代地沉淀在中国人记忆的情感和语言里，使得山水也具有了情感和灵魂。它们本身就是历史的一部分，同时又是当前的世界。时间与空间，传说与现实，都交汇在这一片土地上。即使是平头百姓，听唱到"滚滚长江东逝水"时，内心也会蓦地涌起一股英雄气概。青山依旧，几度斜阳，再没有比这更常见的风景，却只有在祖国的大地上才能读出苍凉的味道，神游故国，风流千古，多情应笑，还须烫一壶烈酒为之浇奠。